U1065843

CAO TANG

有温度有质感的大唐风骨
有颜面有尊严的当代诗歌

出版发行 四川文艺出版社（成都市锦江区三色路 238 号）
网　　址 www.scwys.com
电　　话 028-86361802（发行部）028-86361787（编辑部）
邮购地址 成都市锦江区三色路 238 号新华之星大厦 A 栋 26F　610023
印　　刷 成都博瑞印务有限公司
成品尺寸 185mm×260mm　开　本 16 开
印　　张 6.5　字　数 160 千
版　　次 2023 年 06 月第一版　印　次 2023 年 06 月第一次印刷
书　　号 ISBN 978-7-5411-6629-7
定　　价 15.00 元

投稿 / 联系邮箱：ctsk2016@126.com
电话：028-61352760/86640163
地址：成都市锦江区书院西街 1 号亚太大厦 7 楼草堂诗刊社

图书在版编目（CIP）数据

草堂. 第82卷 / 梁平主编. -- 成都：四川文艺出版社, 2023.6
ISBN 978-7-5411-6629-7

Ⅰ. ①草… Ⅱ. ①梁… Ⅲ. ①诗集－中国－当代
Ⅳ. ①I227

中国国家版本馆CIP数据核字(2023)第062268号

草堂
CAO TANG

Contents
目 录

2023-06（总第 82 卷）

首座

Cao Tang

汗漫
HAN MAN

汗漫，中原人，现居上海。著有诗集、散文随笔集《水之书》《一卷星辰》《南方云集》《居于幽暗之地》《在南方》《星空与绿洲》等。曾获“人民文学奖”“琦君散文奖”“孙犁散文双年奖”“雨花文学奖”“扬子江诗学奖”等。

我写下的事物（组诗）

◎汗 漫

[我写下的事物]

我写下的事物活在纸上和人间。
没有写下的事物，从未降生或已死去。

是时候了，刀尺苦寒，急砧促别——
街道上的落日、树木、飞鸟、光，
郊区的河流、风、南方，一次拥抱万古愁。

我写下的这些事物
多么少、多么苦涩，像大海旁边的两瓢水。
我只能生息于这两瓢水，像盐粒。

两瓢水和盐粒，组成谁的眼眶和泪雨?

谁读到我写下的事物并心疼
谁就能把我轻轻哭回这亲爱的尘世。

[小雪日]

郊区那一道浅山，在寒意中顿然明晰
一丘一壑历历可辨。

迅速降温的晚年
有助于一个人摆脱城府、清新胸次?

小雪日无雪，但允诺一种可能，
像名叫小雪的女孩允诺洁净的肉身和灵魂。

在童年，雪天，随祖父追猎野兔。
短尾巴一闪，是我追逐一生而不得之短句。

[在光福寺赏梅怀杜甫]

“梅蕊腊前破，梅花年后多。”
我像老杜甫那样探身梅花复吟诵。
寺檐下，风铃偶尔当啷
寻找韵脚和落花制成的小鞋子。

阴历的美与力，自唐朝至今未变
登至高迴处，感慨尤甚——
在光福山顶俯瞰寺院内那丛梅花

像昨夜梦境中央的女子。

“语不惊人死不休”——
梅花惊艳，冬天这个诗人才安心死去。
我一直写平庸句子
尚能残喘于纷乱尘世。

不知杜甫来过光福寺否?
想起他，他就从我心脏起步登高
至头颅和双眼内，看苏州、南方
春愁依旧深重。

[南京记]

没碰见刘禹锡和王谢堂前燕。
百姓在朱雀桥边做小生意:
炸臭豆腐、蹬三轮车、摇船、捏糖人。
我热爱这寻常景象，是入暮标志?

从夫子庙到江南贡院一千米，
到明清书生三百年。
我不再赶考、锥刺股、囊萤映雪，
错过柳如是们的美艳、桃花和气节。

游客在两江总督署亦即“总统府”掠过，
像大臣、外宾、仆从、探子。
在这里看到我可能的前身:
一个书生在撰写檄文或社论。

众多亡灵与英灵，让南京多雨多雪。
长江上，汽笛仿佛军号呜咽。
残阳输血，试图让墓地里失血的人
复苏为青草和花瓣。

死神教授过的形容词
一概凝重，比如“安宁”。
诗人的笔帽犹似士兵钢盔
出生入死的汉语，怎能软弱和滥情?

轻浮的人不要经过南京。
轻浮的人要经过南京
去成为江水冲洗的石头——
墨水东流，日夜拷问一块镇纸。

[拆解与再造]

一座拆船厂与一座造船厂
隔长江而对望，
像战略伙伴隔会议桌审视对方
继而确认自我。

“拆”与“造”，两个动词
因“船”这一名词而相联相惜。
拆船厂操持切割机，似新锐批评家
剖析造船厂老作家:

“他以船骨来结构事件和风暴，
一支笔绽放出耀眼焊花，
每个螺丝帽都处于关键段落，
省略号般隐忍、含蓄。”

当然，拆船厂更像解剖室:
船首、肋板、梁肘板、加强筋……
丧失彼此间的逻辑关系，
类似溺水者的身体放弃灵魂。

庚子秋，面对拆船厂与造船厂
感受自我的拆解与再造。
挥舞双臂像升起风帆，
我对能否回到人海，尚有疑虑。

[徐霞客故居游记]

你把亡父留下的罗汉松
从盆景内解放到天井，
骑马奔赴岭南、巴蜀、云贵……
直到一六四一年春，躺着
被腾冲一辆马车送回江南腹部。

晴山堂，后院，一座墓丘
是你永远不想走出的巨岳大川——
“围青漾翠，崩崖颓石。”
这八个汉字来自你的游记，
风景的中国性由此生成。

不被言说就从未存在。
写下这首诗，我才与你的孤迥
发生一丝关联，差别在于：
你执笔如挽马缰
我敲击电脑犹似驾驶越野汽车。

目前，罗汉松高出天井
像亡父趴在围墙，辨别游客中
有谁像他的儿子思远道、弃世俗？
客堂，几把椅子呈明代官帽状，
我入座，不适，慌忙站起。

众生都是霞光的客人
一闪即逝，纷纷加入大地
去承受新一代的游荡与客愁。
一朵白云飘过墓顶和江南
像你依依惜别的手势。

[岁末记]

岁末似临终，阳光如临终关怀？
对晚年和死亡的到来，不必惊惧。

走笔如绝笔，须干净、温暖、爱，
一切怨愤应解决在立春前。
素纸黑字如雪夜，一支笔走在雪夜里，
若被错认成女子，多么美。

天气预报：南方新雪将至。
雪白附身于植物苍绿，冷艳而性感。
已婚者看见苍绿与雪白
想起初恋和生死恋？

蜡梅未婚，干净的体香
弥漫于长江之南这一间广大的卧室。
文学中的爱情
结束于不断升温的婚礼和夏天。

十二月三十一日深夜，写完这首诗
我像谢幕者，向书桌和纸墨鞠躬致敬
掀开窗帘，类似于演员再次出场前
掀开帷幕窥看。

新年身穿树林和灯火，
在观众席无边无际入座。
我的新台词、新命运准备好了吗？
让新一轮倒掌、泪水和欢呼汹涌而至。

·创作谈·

在诗与散文间

20世纪90年代以来，我开始散文文体的写作实验。这与两个诗人的隐秘影响有关：苏轼、布罗茨基。

苏轼说："吾文如万斛泉源，不择地而出。"布罗茨基说："对于三个以上人物的叙述，是与除史诗之外的任何一种诗歌形式相矛盾的。"显然，一个人在选择余地已经有限的中年，在与越来越多的人和事件相遇的中年，散文，可以成为他获得表达自由的一种文体，"常行于所当行，常止于所不可不止"。

于是，我不分行写作的规模大了，相继出版《漫游的灯盏》《一卷星辰》《南方云集》《居于幽暗之地》《在南方》等散文随笔集。"散文家"身份，似乎覆盖了"诗人"面目，有了"移情别恋"之嫌疑。

但我依旧在写诗。数量少，或许因许多诗性思考，融入了散文写作。也与我看待分行写作的眼光更加苛刻有关，废弃许多诗稿。我希望，随着中年渐渐结束，诗作也能自然而然发生变化：素朴、及物、诚实，力避空转、打滑，以"来不及了"的紧迫感，在寥寥数行、数十行中，总括一生和世界。何其难矣。

或许，诗像遗言，散文则是这遗言所联系的遗产，斑驳、复杂而广阔。

或许，诗像盐，必要且少许，就能使一个人的生活和言说，拥有秘密的力量。

《草堂》发表的这组诗，以及北岳文艺出版社近期将推出的诗集《星空与绿洲》，证明：我始终处于诗的佑护和荫蔽下，并在散文写作中获得滋养。

从苏轼等唐宋八先生，到布罗茨基、米沃什、扎加耶夫斯基等异国大家，到周涛、于坚、张锐锋、刘亮程等当代诗人，都在证明：诗的对立面不是散文；杰出的散文，应当是一首不分行的长诗。

"不清楚，由于诗人转向散文，诗歌输掉了多少；但毫无疑问的是，散文由于这一转向而很赚了一笔。"布罗茨基写下这句话的时候，大约狡黠一笑。他肩头上蹲着的那一只猫，或许就是诗神的隐秘化身，微微一笑："我，也悄悄赚了一笔呢……"的确，散文这一庞大建筑物中央，点亮的一盏灯，就是诗。这盏灯，拯救着黯淡中的秩序、信念和美感，一声不吭。在白昼，人们往往会淡忘它的存在。

在诗与散文间，我活着、写着，分行或不分行，并无大不同。尽管已越过"不惑""知天命"两座峰岭，但对自我和世界永远充满疑惑，恰恰是一个人在纸上穷究苦索的动力。上天所赐"与汉语共生同在"之命运，我知晓、认领、充满感激——假若没有诗、没有写作，难以想象，我成为怎样的人，置身于怎样的境地。

"耳顺""从心所欲不逾矩"之境界，渐次到来，我将日益自由、开阔、丰沛，像河流，成长为暮色中的大海。

柳宗宣
LIU ZONGXUAN

柳宗宣，1961 年出生于湖北省国营后湖农场，1999 年移居北京，2009 年回湖北武汉。曾任中国青年出版社编辑，现供职于某大学新诗研究所。出版诗集《河流简史》等三部，散文集《漂泊的旅行箱》《乡愁地理》；诗学专著《叙事诗学》；随笔集《语词居住的山冈》等。主编《新诗学》连续出版物。2018 年自筑山房，现居汉口和大崎山两地。

群山如同旁观者（组诗）

◎柳宗宣

[造房子]

房子一天天变样，在长高
开始另一层砌墙。从城中赶往
工地，雏形凸显在群山起伏
砌到一半的窗，框住了远山

青翠。落地玻璃窗含四季
松门朝向东方：开门见山
词语及物，恪守其本色
房子在集空，朝向虚薄

筑居繁忙。凭靠柱廊侧身
从泥墙望去：山顶白云
拂拭静思。从地窖的私密

到比邻阁楼的露台；楼道上下
弯曲。多年的寻觅获致安顿处
余生的修习，兑现于诞生的庭院

[野鸽子，野鸽子]

野鸽的叫声中，重返倾听的地址
平原的树林边缘，或无名岔路口
看不见它，却能触抚隐藏的呼告
有时，它在体内某个部位叫唤

从城中公寓下楼，回应你的独语
遥远而明晰的音色；低音部分
接近平原地平线。哀伤的颤音
中年省城的低诉。众声喧哗中

它的声波低弱下去（被遮蔽）
三伏苦夏，从山林风云敞现
低调又执拗的咕噜——呜呜

如汉语低昂顿挫；复沓自语
书房里触抚，天赋的拟声纹理
运气颤动的语音，迷醉山野

[庭院观星]

需要停在暗处，暗适应
才能看见满天记忆的星斗
北斗七星的排列在那里
以儿时的视力，看到母亲

故乡黑瓦房子排在屋后的桑树前
弦月在下半夜出现，满月星稀
天黑下来，星星一颗颗地涌现
赤脚的夜路，数着星数回到家屋

星光涌现在平原田野的天空
和父亲正月十五，上坟点灯
回返家中的田埂上，天色抹黑

星光照临你和父亲；白矮星俯看
你们的行走。父亲走失没有回家
他到了天上。和孙子从庭院望见

[在乱石窠]

一朵朵野蔷薇摇曳汽车前窗
初冬锈红茅草，顺着车行方向
五月则逆向：碧色草绿，白茅花穗
迎向跳荡而至的你。车窗右侧的梯田
露出一方稻绿。梯田的弧型轮廓
比邻一角椭圆的湖水与山岭
林鸫鸟在此，鸣叫它不改的教义
转弯处：一只土狗，仿佛老友
在此等候。吉普车爬上高坡
滑向沼泽吃草的牛犊
闲置的人民公社的闸门
被抛置后视镜。过了牛车河水库
山冈风物变得幽僻。你往往驻车
在何家洼的无名高坡：山路俯冲向前
延伸层峦叠翠的远山。这就是塞尚
描绘的风物。或者说，倔强的老人
将圣维克多山，绵延至此
这是你们的作品。用线条色块情感
构建它们，幕天席地
悬挂在这里

[山中书房]

最后的书房：矩形。独立
通透，没有遮拦。通过暗楼道
朝向它在高处，灯照尚未熄灭
橘黄的光从敞开的门倾泻
樟木香的桌面；打开的书卷
翻过山岭的太阳光线
敷设立面的书柜。一生建设的书房
看不厌的书脊编织的新鲜图案
你缓慢落座，在大公鸡叫鸣中
写下梦境涌现的句子
最后的书房；心脏起搏器
维护身体的运转；漫延至比邻的茶案
观影室。书桌临窗。视线从层层松林
通向山外的山外的山。灵思从字里
与行间，漫涉到无人行走的山道
一本书带出一队人物隐形交通
一个少年从装有连环画册的纸箱
到无名青年教师宿舍床头的书橱
清贫的三口之家。独立的书房
通向南方的阳台。诗书带领他
出门远行，在不同的地址
安置新的居所。地安门筒子楼
简易的书架，挺立在单人床北侧
越聚越多的图书，停泊木床底下
无声。颠沛流离的藏书随着主人
团聚山舍，如往事涌入
妻子在楼下厨房；你在你的领地
相对默坐；或电脑前敲响键盘
它们静立身后。一本本隐藏的书
牵引你登高，在梯子上
从体内搜出多年前的一本
相见如故人。室内乐让这里洁净
如禅室祷告。新鲜的空气中
撕开塑封抚摸书皮；山壑随阶转动
穿过明暗楼道；群山为白雾缠绕
月翻越山脊；静谧的神灵附体的时刻
尝试写下，属于自己的一行诗
残余火焰的壁挂炉：余温尚在
朝内投入越冬的木柴（你就是木柴）
这里有梯子、床榻、便池、音响
供你使用的杯盏。古琴斜挂墙面
囚室也是乐园。幽灵游荡芭茅
斑竹投影；从纱窗望出去
群山横亘静立，如同旁观者

·创作谈·

诗人作为语词的协调员

写作者大都有这样的经历。最初在意自我的抒情表达，急欲表白某个发现、某个意念；诗行之间不断地冒现“我”。如此自我表达往往落入浪漫主义的抒写，缺乏对事物和情感的审慎观察和直观把握。“以我观物，故物皆著我之色彩”（王国维语）。或者说，将“我”的感情意念强加于书写的意象物事，这样表现出来的情感意念飘忽无根，抵达不到精神现实的实相。当写作者拥有语言意识后，会发现诗非意念，它是直观，主体对事物的直观。诗仅仅呈现。

诗的呈现避开了“表现”，令写作者的自我表达欲尽量退隐或抵制，使诗的意念情感附丽于所描述的事象事件的情境场域。这类似于现象学强调的“悬搁”——回到事物本身的直观与描述。现象学讲求感知遭际中的身处状态：主客体内在地融合于自身，情感的空间性能量能被体验。

里尔克到了巴黎后，跟从画家罗丹学习“观看”的技艺，他的创作开始转型，脱离早年的神性抒写，写出了著名“物诗”：《豹》。其肖邦式的敏感得以理智化和实体化，也就是说，他所表达的不仅仅是“移情”和“本能”，而是与书写对象“豹”的同一化或客观化。用里尔克给萨洛美信中的话来说——创造出物来，那是源自手艺的物。

写作者专注于文本的构成和显现，而非自我意念的抒写和表现。“以物观物，故不知何者为我，何者为物”。这样可以进入王国维在《人间词话》中提及的“无我之境”。或以符号学观点来表述：写作者在文本中退场；词语自我呈现自我言说。如罗兰·巴特所说，让“作者之死”带来“文本的愉悦”；让参与阅读创作的“读者”诞生，为“读者”提供自我发现、自我解释的空间。

前提是顽固的“作者意识”必须死掉。在罗兰·巴特看来，作者和作品的关系并不是“父子关系”。作者仅仅是作品的一个语法位置的“主语”。布朗肖在《文学空间》也这样论及诗：“语言作为本质的东西在说话——不让任何人来说话——说话的不是马拉美，而是语言在自言自语。”

如此的语言意识，会让我们的写作面对新的现实：外部现实与心理现实交融，或内化生出的语言现实。写作者的身体沉浸于语词迁徙的空间，或者说，在语词不同的空间或情境里流转书写；语词漂移的时空拼贴或构图类似于摄影中的多次曝光；互动生成出奇异的叠合文本。诗人成为各种情境之间的协调员，身体面对词语的汇聚，紧张、审慎地挑拣组织合成多义的能指链，编织语言的网络。他发现语言不及物，自我呈现——语言折向自身，仅仅讲述自身的形式。语言在自我振荡和自我发光。

曹东
CAO DONG

曹东，生于 1971 年，四川人，中国作家协会会员。著有诗集《许多灯》《少数诗篇》《白夜记》。曾获第九届四川文学奖、第十六届冰心儿童文学新作奖、《星星》诗刊社“四川十大青年诗人”。

记一个不确定的时刻（组诗）

◎曹东

[花园]

长椅弃在身后
席地静坐
我脸上的螺旋皱纹，和一朵花并蒂开放
没有预约
一个人的秋天，就装饰了
这春天

[青居]

青居乡的落日迷失了归途，江水泼墨迂回
把十平方公里丘壑、田亩、草滩
封锁包围圈内
独守帐篷门口观望夕晖，脚下青草
又长高一些
一只瓢虫亮开薄翅，它柔软的试飞
无法保持平衡，壳背左侧
超载了一颗星星
我想选择另一种交通工具
乘在蒲公英身上去山顶。可是
同落日一样
注定成为孤独的物种
坐在一千朵蒲公英中间，我飞不出孤岛

[鸟语满院辞]

青竹数垄，垂首而拥
鸟群居住那样近
听见了，它们鸣叫前，细致的深呼吸
听见了，它们的舌头
在上下腭之间弹跳、滑动
每一粒声音
有核，有汁，有熟透的
水晶柿的形
它们呼唤儿女不叫儿女，呼唤恋人
不叫恋人
用的都是昵称，咪咪，乖乖，管管
加加，押押，丫丫
喜欢唇齿音，卷舌音，前鼻音，边音
有时是感叹句
有时是省略句
只有一只鸟儿，对我
使用了疑问句
我们四目相对，从窄小
迟疑的脸上
认出它是前生
我亲戚家，性格内向的孩子

[虫鸣辞]

一只虫子的鸣声，比月光轻一点
两只相加，又比月光稍重
而一群虫鸣，把夜色抬了起来
坐在里面
像坐在一笼摇荡的轿中
滴漏的星辰垂手可拾，渡过花园
化为镶边萤火
人世紧迫
最后一声虫鸣来自体内
给我被世风
熏染的耳朵，涂上微量解药

[借世避雨]

我的屋顶歪斜，此生寄托于樊篱
昨晚做一梦
发现身上
活着一只童年时代的虱子，藏在皮肤皱褶里
已经白头
天光突然大亮，彼此惊呼故人

[颠 簸]

从天堂到地狱，仿佛一只硕大的滴漏
人世不过是之间微小的滴孔
你是一粒知觉的沙吗
未必
来不及转身，突然倒悬深渊

[见诸相]

人们修造墓碑，刻上某年某月某日生
某年某月某日殁
细细思量，除去短暂的抚慰
好像无甚意义
相对宇宙时空，地球不过是一只危卵
我们约等于蜉蝣
朝生而暮死
蜉蝣，在一粒尘埃上镌刻碑文
某时某分某秒生，某时某分某秒殁

[在陈子昂读书台]

孤独终成可用之物
你读过的山水
依然全新
游人用欢笑
轻轻覆盖一声浩叹
假装轻浮吧
我轻拥石碑
抠下少许尘土
今夜
从指甲缝剥落
涂抹一首诗的痛处

[经过一片乡村墓地]

西关乡方圆十里，有两处寂寥坟茔
从瓦房沟缓慢倾斜
不知多少辈人，燃尽热望
最终不约而聚
站在沟谷回望，漫坡青草
历代墓碑被草色淹没
傍晚凉风吹送，一些手指透明
抚摸人世的补丁
离去的人
像在集体潜泳，找不到换气的地方

·创作谈·

孤独的秩序

我有一支铅笔的担心，紧紧抱住体内那一小点铅，写下每一个字，都要把自己的一部分研磨成粉末。坚持生命诗写的诗人，活到了哪一步才会写到哪一步。坚持文化诗写的诗人，学到了哪一步才会写到哪一步。用身体咀嚼，感受；用情感咀嚼，感动；用思考咀嚼，感悟；用灵魂咀嚼，感召。从生命体验里往外掏诗。比如他在吊索旁写上：布鲁克到此一游。生活是完整的，又是破碎的。只有裂缝，只有更深的裂缝，才会泄露深处的秘密。其实美不过是大地的补丁。

时间并非流水，我怀疑时间不是线性的，而是点阵前进的。那已经过去和正在发生的事与物，仿佛布设的雷区，均存在不确定性。记一个不确定的时刻，时间袭来，心灵的裂口乍现。

诗就是袭来的瞬息与永恒之间的拔河。以瞬息搏永恒，既是诗的孤独，也是诗人的孤独。或许孤独是有秩序的，像大海的波浪与涡流。寻找孤独的秩序，成为诗与诗人的使命。

诗不是语言自身的惊人，而是语言运行与抵达的惊人。用词勿轻勿重，须与心灵之息相当。语言也可能是荆棘的高墙，看不见真相。亲吻语言，你扎上满嘴的刺。

语言的可能性，随着人的意识的拓展而拓展。你的心灵意识走向哪里，走了多远，给你的语言表达与最终抵达创造可能性。诗歌里心灵意识的流向，须以真诚为渠道，准确指认你的生命意识、生存经验、生活体验。此种准确指认，不是物理意义的精准，而是心灵意义的准确。剔除具有遮蔽性的惯用语，寻找更能抵达内心镜像的语词，实现真诚的而不是虚饰的表达。因而深不是一个问题，做深是一个问题。

人生瞬移，精神与肉体的遭际，亦多慨然。诗人与学人，更具独特之感性与理性，然抵足促膝之深谈、抚慰心灵之知交厚谊者，寥落无几矣。

我需要的是静默，激动反而有害。

写作数十载，猛一抬头，窗前叶落有序，桌上半生残稿，手中几笔坏账。

三子
SAN ZI

三子，1972 年出生于江西瑞金，中国作家协会会员。曾参加诗刊社第 19 届“青春诗会”，出版诗集《松山下》《镜中记》。现居南昌。

送秋风（组诗）

◎三子

[石头记]

那片摊开的河滩上
散落着
一块块沉默的石头

多年以来
它们一直蹲在水里
像时光的秘密囚徒，蹲在
某一团黑里

当水落，石出
我已在
吹过河滩的风声中老去

[送秋风]

两个许久未见的老友
相聚，地点不在小酒馆
或咖啡店，在城西侧的
佑民寺。“要的是那点清静”
两个年过五十的男人
不信佛，不见僧
他们坐在小亭里，送秋风
而忘语，那画面莫非
是一种禅境的模拟
半个下午，云在天空飘着
断续的话语，与市声
只隔一面墙壁
加一小块空地的距离
当两副臃肿的躯体，一同
起身，半开的寺门
重新闭合。城池车水马龙
并未有新事发生

[观画记]

最先看到的
是墨点，线条，而后是
大片的空白。灰蒙蒙的纸帛
一切技法皆无迹可寻
如同旷古以来的
时间，陷入此刻的沉睡

我合上眼，却分明看到
一只手，在山水的褶皱处
来回摩挲。而后
是一张与我近似的脸
在岩石、草树的肌理之间
浮现，随即隐去

[影 迹]

越过六楼的玻璃
在道路与建筑划出的方格里
有一块小小的菜地
不知道上面，栽种着什么
只看到泥土
以另一种方式摊开，覆盖上
一层青绿。而在远方
那片田野之上
父亲和我，一前一后
在田埂上走着
秋日阳光，在我们身后
拉出长长短短的影子
父亲的影子，被暮色收藏
而透明的玻璃，在六楼
折射出秋日的光线
低处的菜地，不见人迹
只有无声隔开的
一种清寂

[流 逝]

嘴里念出的名字，不一定
是隐匿在心里的名字
写到书本上的名字，不一定
是确凿出现过的名字
风，从更远的地方吹来
我置身的这片野地
那些雕刻在石碑上的名字
自有不可知的年轮
与之对应
而那些消逝于风中的名字
也许还在泥土的更深处
默默潜行，轮回
属于我的这个简单的名字
五十年前，由我一字不识的
母亲所赐
她的名字，与乡间众多的
女人一样，由某种
寻常的卉木构成

[一只猫]

我认识它灰黑的毛色
它耷拉在地面上的尾巴
移动的脚趾
我认识它的

眼睛
在围墙转角，在冬青树丛
或趴着的汽车底下
忽然出现，和我打一个
照面——而它的身子
一转，又不见了
我认识那双眼睛，一秒钟的
对视，却找到了彼此
有时，尾随在它的身后
却不免于渐暗的光线里
迷失。昨天傍晚
在通往地下车库的斜坡上
我再次遇见了它
它抬起头——转身的瞬间
我看到那双眼里，仿佛盛有
比这个世界更多的安谧
和孤寂

·创作谈·

在时间之外

老家在赣南一个叫“松山下”的小村子。二十来户人家的土坯房，紧密挨在一起，后面是起伏的山，前边是空旷的野地。我曾经为这个小村子写下了不少诗歌，春天的潮湿、冬日的寂静、老去的亲人、默默吃草的牛……可是，在我的叙述中，它一天天衰败了。随着一户户人家的外迁，村子越来越冷清，看不到几个人影。直至六七年前，一场“空心村”的整治，让整个村子重新化为一堆堆土。那一堆堆土上面，现在已长满了旺盛的野草和树木，和四周的草木密密地连成一片。从旁边走过，再也看不出一个村子的痕迹。

时间的力量太巨大了！化物于无形，化人于无影。人在时间面前，是不是太过渺小，甚至可以忽略？前不久，在《十月》上读到李敬泽先生的《〈黍离〉——它的作者，这伟大的正典诗人》一文，写得真是好。“《黍离》之忧，不知从何处来，不知向何处去。”而无论是“黍离”还是“麦秀”，我觉得落到最后的，终归是时间，终归是时间之内人的困境和宿命。在李敬泽先生的文中，还引用了凯恩斯的一句话：“从长远看，我们都已经死去。”这让我很诧异：凯恩斯是个经济学家，此言却确凿地具有哲学的力量。事实就是如此——对于更为宏大的时间与空间尺度而言，我们无疑都是毫不起眼的枯骨。

也许，写作可以让时间有一瞬的停留，记下一个片段、一个小小的细节；或者游离于时间之外，抵达某种澄明（虚无）之境。年岁渐长，不觉间已过中年，不再刻意地追究所谓“写作的意义”，众多繁杂的技法和修辞也在逐渐远离。隐匿在文字里的，更多的是一种意味。这种意味，或许在时间之内，或许在时间之外。因此，我在《观画记》中写道：“如同旷古以来的 / 时间，陷入此刻的沉睡 / 我合上眼，却分明看到 / 一只手，在山水的褶皱处 / 来回摩挲……”

深夜，躺在床上，想到自己是在一个孤悬的星球之上。星球里有“黍离麦秀”，有沧海桑田，而这一个旋转的星球，正被更为庞大的恒星和不可描述的星系所牵引、裹挟，向着无边无际的时间尽头疾驰而去——每次想到这里，我的心脏就猛地一紧，像一个溺水者下意识地将手脚收拢，而后又无力地打开……

青年诗人6家

赵　琳_这雪总是很大（组诗）

张　悦_修复与自愈（组诗）

凌　风_一个人的断代史（组诗）

亮　子_我们的秋天（组诗）

葭　苇_小奏鸣曲（组诗）

陈放平_表达（组诗）

这雪总是很大（组诗）

◎赵 琳

【作者简介】赵琳，1995年生于甘肃陇南。甘肃诗歌八骏之一，鲁迅文学院青年作家班学员。作品发表于《人民文学》《诗刊》《中国作家》《星星》等。

[这雪总是很大]

第三场雪后，地窖的木箱中
秋天在苹果酒的香气里醒来
大雪堆积在原野，深夜的静谧
布满清晨的村庄，水管
在阳光的照耀下，滴水的龙头
酝酿着冬天的下午

乌鸦雪地觅食，冻僵的河流
像一截破碎的长条玻璃
年轻人踩着铁皮溜冰，把身体
摔进失修的河床，一年仅有
这样几天，我们足够
挥霍手中急促的黄昏

茫茫天空，村外高高的电塔
插进哑语般的暮色
它倾斜的模样
仿若白发苍苍的老人
倚在门框，回绝晚年往事登临
马厩的灯下，吃夜草的马

反刍发亮的星星
雪保留了
鹰在黎明起飞的爪印

[乡村音乐会]

多年之后，我们想起那场音乐会。
草地间的琴声让人像休眠的蛇
匍匐于黄昏的河畔。红薯香味弥漫
火堆晃动着乡村的起伏。
漆黑的河床，她坐在鹅卵石上
抱着电吉他，音符贴近河流
一条渔线钓着一条河流的潮涌。
向西望去，远处青色瓦舍
排列在田野。倾斜的气象塔在
一棵巨树旁站岗。我们看见彼此
甜蜜的风景。晚风赋予
青草曼妙的舞姿，我们放下乐器
大地只有一种声音。

[宛在水中央]

离天空最近的地方，谁在山顶
修了月亮，神圣的光
照在橘色绒布，帐篷像搁浅的帆船
倒扣在黑色海滩，弹唱的人
她生僻的方言和腔调，断章的曲谱……
琴弦连着手指的温度，我们依靠
海水消瘦执拗的爱。高于海平面的寂静
略有恐惧，高于云层的部分
带着线性闪电。气温衰退，岛屿清冷
想起雪夜，我陪祖父走进林间
捡起滚落的松果，它们的微小
宛如烛火：两双午夜失眠的眼睛

[钟楼广场]

钟楼壁画上，一头成年雄鹿
折断鹿角，尊贵的头顶
飘着大雪，白桦林一点点
扑灭橘红色的夕阳
挖空树冠的风确信
安静是这样短暂：乌鸦归巢
黑影中的建筑仿佛回到从前
傍晚，马和毛驴返回乡村
屋子披上一层灰外衣，融化的雪
化为湿冷的水珠，滴答滴答
天空远没有大海颜色丰富
烟囱越过邻家界线，吐着烟圈
归乡人带回台风、数据、元宇宙……
那些涨潮的喧哗与返璞的落寞
像电影一幕幕演绎结束前
我们坐在钟楼广场不谈论熄灭的落日

[山谷遇雨]

雨宽阔了谷地，是啊。
我赞美过那些万物的茂盛。
雨珠在蜻蜓的翅膀扇动，
兰草在深谷吸吮抵达的春天。

是啊，我哭泣秋天的麻雀。
沾满泥土的爪子，打开
田野的衰颓：燕麦走完一生

堆在电杆旁，高耸的山峰
仿佛传递高空的闪电。

雨宽阔了谷地，是啊。
这些迷雾和春烟拂过村庄
细数起生活的细节。
雨越下越大，分别前
我们获取了短暂的年轻。

[博物馆]

展厅光线宽敞：新出土的灶台
有谷物残渣，仿古的山火旁
穿兽皮的人在烧制陶罐
骨笛摆在眼前，仿佛耳边
响起打猎的口哨声
我在玻璃外观察祭司的祷告
他的额头抵达智慧
陈列盛大的青铜器祭祀典礼
表达对神的敬意

我留意到撒满颗粒的石壁
一根根线条勾勒着
许多人脸，他们冲破界线
追赶石头里的大象

下午六点的铃声响起，玻璃摄取
落日截面，我裹紧外套
在博物馆楼顶复述被日常
忽略的章节，每个清晨和傍晚
探入命运的手指
已然沾满不同时期的雪

修复与自愈（组诗）

◎张悦

【作者简介】张悦，笔名言拙，生于1984年，河南开封人，文学硕士。河南省作家协会会员。作品发表于《星星》《诗潮》《诗林》《散文诗》《星火》《中国艺术报》《诗探索》《散文诗》《新文学评论》等。

[修复与自愈]

被圆月里的强磁吸入山水古意
醒如落叶，舟行在几世叠合的涛间

被骤雪里的簧片弹向史蒂文斯的二十座雪山
黑鸟展翼画圆，套中孤往之心。

游云的视角，坠雨的心境
互换得失。

雾，雪，夜，摇摆沉潜的鲸身
吞下咬钩的琐碎。

生活扬手抛撒铁钉
搅不匀光和暗影

如何将凌乱的尖锐
楔回感官翻翘断裂的木踏板？

提起言说竖有毛刺的柄
一字，一锤。

[喜忧参半]

从清晨未及消化的灰烬中
嗅到风的舌头上残留的灼痛。
朝霞的碎片，被绝望用来纵火。

从正午饮光的翠色间
嗅到白茶花被冰、血和火分食的盛放。
曝晒旧伤——依旧缓慢的愈合

喜忧参半，是一只斑鸠亮出珍珠
合上扇面的不确定感。
尖塘鳢埋进泥沙的白昼
能否逃过夜的砧板？

吞下有序的圆鳞，吐出杂乱的刺骨
早春，解冻鲥身内锁鲜的欲望。
十大功劳挑起的串串小灯近旁
行走着两面生针的叶脉

[此 生]

一支被光、影和空白
渐渐吃掉的铅笔
仍可以选择
被什么样的手发现、把握
加入或者背离
指间生成的风云
选择在何时何处
借力，发力
选择信赖何种锋利
一截，一截，褪去肉身

日日消磨铅屑
聚蝼蚁而行虎势
始终沉浸于未成形的部分
并不在乎那份定稿

[转 述]

想借蜜蜂接近绽放的方式
转述词语亲近光的欲望：

春风，托管你用手摆渡的事物
包括我摇晃的瓷身，不稳定的釉质
所有借你之力上浮的轻盈

目光沉淀黄昏
染蓝白花飞燕草立起的张张票根
对应的旅程
在天空中游移的箱匣里暂存

天幕间悬挂着小情小调用脏的粉扑
遮挡了映现清朗素颜的镜面。
那只灵兔，必定隐身于某处留白——
给藻饰卸妆的落雪

你以鲜嫩音节，抚摩潮湿而透明的鹿角
从夜的拳眼内探出待我咀嚼的七色

火通往水的途中，适宜采摘闪亮。
你向雨借道的归途
成为丁香唇间未尽兴的讲述

[默 契]

你穿过竹林时
携带整座寺院的清寂

我仅拥有你的盛夏
朝向初秋倾斜的弧度

你我，是首尾相系的啁啾
被翻折莲盏的风拆散为粒粒蛙鸣

柳叶点化湖水的一瞬
重获鱼身

你习惯扫除逸出沉默的所有
看管同一瓶沙

用不同的树冠，塞紧封存回忆的罐口
镇压叛逃之言

我积攒下从你喉头衔出的石子
从你眼中盗取的火光

在你信守的山门前，砌塔。铸钟。
把孤独的醒狮关进墨色

一个人的断代史（组诗）

◎凌风

【作者简介】凌风，本名郭小荣，1990年生于四川会东，2007年考入北京大学，大学期间开始习诗，现居成都。参加《草堂》诗刊首届四川「新青年」诗会、《星星》诗刊2018年四川青年诗人改稿会。

[一个人的断代史]

外婆去世那年，花开得异常地好
杏树把婚宴摆到了门口
十里八乡的野花，像走亲戚一样开满村庄
外婆在土灶上给我们炒腊肉豌豆，偶尔忘我地停下来
就像她锄地时偶尔停下来，让清澈的天气飘过眉间

我问她：外婆，你为什么不动了
她含着泪花：外婆老了
我始终无法相信不满六十，经历过战乱、动乱和
  饥荒的外婆
会在一个粮食开花的年辰突然变老

清明过后
雨水像输不完的点滴，顺着屋檐流下来
空旷的堂屋，就像经殿
外婆独自跟死亡做着辩论

再后来就是炎热的盛夏，鼓声震天
巨大的震颤，像是把人从出生、出嫁到封埋
  所有压抑的声音都呐喊出来
后面是永恒的寂静

[下沉年代]

我牵着女儿，缓缓走下夕阳的山坡
金融城，紧跟工业文明残存的烟囱，缓缓融入夜幕
晚公交把最后一批旅客送入紫叶李花海

我们决定步行回家
晚风在周围吐泡泡，摆弄它的涟漪
三岁的女儿一会儿捡石头，一会儿唱歌
不知疲倦

她还不知道职场的竞争，家庭的矛盾
不知道物质的沉重和亦远亦近的战争

夜色渐深，路边的小花静静掌起夜灯
我牵着她缓缓走向家门，宛如世界上最
　安宁的部分

[初 夏]

小满的时候
天空很低很平
人很轻，穿着白衬衣耕作

那时的太阳很温暖
像刚走出海滩
老梨树梳弄着新叶
开始思考果实

我很小，坐在干爽的树荫下
看大人劳作
听年轻的女人唱歌

后来，天空盛来了几片白云
后来，有雨
后来，风又悄悄送走了这一切

[春 日]

野鸭像先知，走在湖面上
仿佛苏格拉底在林间沉思

午饭过后，李花有一搭没一搭地落着
猫在一棵紫叶李树下打盹，它代替我
梦见一时楚王征召，一时大鹏垂天
一时孔子在野，一时秋水丰沛
忽地山河暗淡，骤雨从梦里下到梦外
修行二十年的女子落花如雨：
公子，良辰已尽

醒来时细雨绵延，我抄起一把迷路的雨伞
仿佛庄子乘风而起

[绿皮火车]

一小列豌豆
一小阵春雨
在泥土的站台下车

山里还像十年以前
杏花还不会化妆。像我的小侄女
她们都新鲜、洁净而坦率

[雨 夜]

入夜，雨又下了起来
野樱花漂泊——黑暗中安静的死亡

雨淋着我的宿舍
也淋着外婆的鹧鸪田
有时，我恍惚看见她在明亮的词牌里耕种
有时，我又听见她在厨房沉重地叹息
卸下猪草，坐地不起

我们已经分隔太过久远
她是否也有村庄
是否有簌簌的雨水，明了又灭

我们的秋天（组诗）

◎亮 子

【作者简介】亮子，本名李亮，1987年9月出生于甘肃成县。中国作家协会会员。参加《诗刊》社第36届霞浦青春诗会。出版诗集《黄昏里种满玫瑰》。获陇南市2018——2022年全市优秀文艺工作者称号，获成县第二届西狭颂文艺奖银奖等奖项。

[我们的秋天]

车菊草还未挂满露水
桂花树站立在秋天的旷野中
它身上的香气让我再次相信
世间有心旷神怡
小雏菊蹲在低矮的花园里
你要躬身才能凑近它小太阳的心脏
我们在秋天里走着
认识些许草木，辨别其中志趣
胸中自然有一片生长的天地
不要说秋草黄了
它正在假寐
它羸弱、纤细、柔软、轻盈
在秋风里熟睡一会
就要继续远行
高大的白杨正值壮年
但那些即将飘落的叶片
已经做好告别的准备
离开了树身，就要辉煌一整个秋日

[寂静的心]

我风尘仆仆地带着一个寂静的早晨
一行飞行的归雁
不自觉地排成人字形
许多年前我打马走过草原
高低不平，起起伏伏的草地
就此让我受用一生
我甚至带着这寂静的草地在飞翔
有时连同草原一起
向着有湖水的地方靠近
有了湖水就会有波澜
这波澜似的水中花园
开着一朵并不鲜艳的花朵
大多数时候你都不能亲眼所见
见到了
就如同那颗寂静的心
时不时还要发出哀鸣

[砍完桑竹的镰刀还挂在树杈上]

祖父要去田地里砍桑竹
砍每一个清晨和露水
裤管已经多次被浸湿
这是九月的礼物
从头到尾都是清澈的
他从早晨出门
一直砍到中午
这熟悉的草木当中多出来
另一种草木
一个可以弯腰、行走并且识得气息的草木
他对秋天的事物太熟悉了
不是他不知道露水凝重
是他故意挑选这样的日子
去田地里做人间功课
他回来的时候手里抱着一大把茅草
背上背着一捆砍好的桑与竹
桑树的叶子还刷着小路上的尘土
竹子已经斜插进秋天的墙面
他总是不忘把镰刀挂在院子边的树杈上
他裤管上留下的痕迹总是新鲜的
足以证明他一生的清平

[最悲伤的时刻]

一切都不能左右
一切都要自我承受
三哥可以为了一个毫不相干的小文
做了一个父亲的角色
此刻泪如泉涌的心紧紧抽搐在了一起
看别人的悲伤欢乐
一定要体察自我的灵魂

[又一次哭了]

已经多少年没有流泪了
包括至亲至爱的人
离我而去
我都尽量保持冷静
但这一次真的哭了
因为无缘无故就想起稗草般的一生

小奏鸣曲（组诗）

◎葭　苇

【作者简介】葭苇，二十世纪九十年代立春生于关中。青年诗人、译者。先后就读于纽约大学、北京大学。诗歌品牌「The Tenonists 塔内」创始人。著有诗集《空事情》。

[小奏鸣曲]

我用你形容柔软。
猎枪响了，桃花开了，
镜子把我放进玻璃里面，
比一朵花的热焰
还要亮些。

你的口哨还有电吗?
细屑的叮嘱，给予爱的肯定。
连呼吸也要团结。像石榴
轻握水，红着脸。

空了，空了。我先后
动用了嘴，糯米和库劳的鹅毛笔，
掀动一只子规，炸开全部嘤啭。
无须更多静思，把你的脚
交给一程一程山。

桦皮舟欠下月亮的房子，
水湄的不要，小岛外的也不要。
莫非要……借着你被渡出的铜像
羽化成睡去的云絮? 你听啊:
飞翔，这危险的语言!

隐喻不能使你更加柔软。
隐喻者是谁? 随她们的便。
人且用着时间，我且爱你，
爱你念念有词，
爱你面相庄严。

[沙 岛]

何惧爱我?
河流在入海口，又完成了
一个无悔的动作。
巨大的酒杯，摇晃着失温的深蓝。
我只舀半碗水。
这明媚，和它纵去的速度，
同样无法追回。
唯一可以握住的，是海的低音区。
还有比这更低的吗? 少年人，
你放声的音量像个哑子:
“我无法再承诺办不到的事。”
时间让一座沙岛沉阔成沃土，
速朽的，只有你却步的肉身。
我，
是海浪悟出自己却逃不掉，
刚抵岸，就被再次拉回。

[荔 枝]

太阳失足跌下山坳的那刻，
世界以一粒果实为中心，
重获了明静。

不说白蒲，也不说西岭，
一颗透亮的明珠，
开阔相迎。为此，
我的手心也更加茁壮。

把白影褪给牙齿软软的一跤。
顺着这条路，宁愿憨等
一片薄雪，一双
总是安静放下水杯的洗净的手。

明天也是个好日子。
太阳照我，井水空明。
小手也干净一次，
向你，索要一颗
零下一度的清凉意。

[赤脚医生]

每每，你腾出细胞里
宽阔的空气，吸收
我乱糟糟的淤血。西山
与北海，也交叠着领地。

一开始，偶尔有贩夫
和走卒，淋上我抖落的雨滴。
水仗剥开金戎装，剥不开
花篱口的袅娜心。你走进

我走不出的雨，你有你
澎湃的律令，踽踽，长鸣。
明天，我会以哪一种形状
醒在，你细细的水声里?

但水和水，总要回到
我失修的身体里去。凌晨
三点，我摸到大雪的
肌肤上，蠢蠢欲动的

一颗血疣，你说，
那是太阳下，最小
而磊落的红色山丘。

表达（组诗）

◎陈放平

【作者简介】陈放平，生于1994年，重庆南川人。重庆文学院第二届中青年高研班学员。《佛城诗歌》编辑。有诗见《诗潮》《诗歌月刊》《草堂》《草原》《新世纪诗典》《中国诗歌排行榜》《中国口语诗年鉴》《塔》等。著有诗集《响度》。

[简约]

城市纷繁复杂
一辆人力三轮
穿过大街
像插播一条
古老的广告

[爱情]

老人腿疾
扶着公路护栏慢走
男老伴在前边
用毛巾
一截截
擦净护栏

[表达]

端午节前一晚
在重庆打工的父亲
给母亲打电话说
叫私家车回来要八十
干脆喊我去接他
我开车去了
但十分不解
来回一百五十公里

不算油耗
单是高速过路费
就要七八十
这个账算得过来吗
当我到达
新城拓展区的工地
看到父亲的工友
送他出来的场景
我一瞬间突然懂了
回家路上
下起了大雨
我们如往常般沉默
听了一个小时的音乐

[成年以后]

我们是两具钢铁
在多数分别的生活里
少数地团聚
我每一次
喊“爸”
都相当于表白
我几乎不再
与他分享我的一切
但我依然惧怕
他眼神中的教育

·点评·

开放的语言意识与智性表达

隋伦

本卷六位青年诗人的作品有着明显的个性，他们对外部世界的观察和内在经验的表现充满审视与思辨，在独特的经验积累的过程中试图厘清自我与生活的关系。当然，他们的创作也来源于不同的生活现场，有对生活经验与文化经验独立的姿态和表达。开放的诗歌语言意识和清醒的智性言说，激发并浸润着他们的创新性与想象力，使他们的诗歌在拥有独特的个体语言的同时，也具备了介入和表现复杂现实、拓宽写作视野与空间的能力。

赵琳较早的诗歌多和大西北有关，独特的地域景观普遍存在于他的诗歌中，使他的诗歌在归属于大西北的精神原乡的同时，展现出朴素旷远的诗意与想象。本期所刊发的赵琳的组诗，在生活经验上有所变化，不再是对过去乡土生活的简单重构，而是建立起与当下城市生活的共生互融，有力地凸显出赵琳丰富的生活情境与精神向度。《乡村音乐会》仍然是对乡土生活经验的表现和思考，在赵琳的精神世界里，乡土生活经验与内在的感觉有着某种共通性，它们在诗中获得了一定的平衡，并具备了深沉的情感力量。在《钟楼广场》中，赵琳将乡土生活经验同城市经验相融合，重新赋予乡土生活更为开阔的想象空间，从新的感受中理解并认识旧的经验。“归乡人带回台风、数据、元宇宙……/ 那些涨潮的喧哗与返璞的落寞 / 像电影一幕幕演绎结束前 / 我们坐在钟楼广场不谈论熄灭的落日”，这种带有新的意象的鲜明语言，更能有效地反应当下时代生活的面貌与变化。《博物馆》则通过直接的观照，具体而深刻地表现了他对时间与命运的理解。“我留意到撒满颗粒的石壁 / 一根根线条勾勒着 / 许多人脸，他们冲破界线 / 追赶石头里的大象”，在语言与想象互相纠缠的描述里，尘封的历史从石壁中复活并延伸，进入到诗人感性的精神世界，赵琳正是在这感性经验与理性认知的结合与表现中，从生活现场出发，不断开拓与熔炼自己的观照视域和语言，使诗歌的表现力与生命力得到强化。

张悦的组诗中语言与诗的意义之间形成了某种对应，她融合古典意象所创造出的新的表达形式，对现实生活的不同层面作出反映，表现出了诗歌与现实联系的深刻性，当诗歌语言的生成在继续，诗歌的意义也在不断丰富和延伸。《修复与自愈》中使用了古典与现代诗歌中不同的意象符号，它们沉淀了厚重的历史与审美意蕴，表现出较为丰富的诗性空间，“被圆月里的强磁吸入山水古意”“被骤雪里的簧片弹向史蒂文斯的二十座雪山”，张悦在虚实结合使用上极有想法，通过熟悉的经验与想象来感知抽象的观念，从而获得对客观世界独到的理解与表达。“喜忧参半，是一只斑鸠亮出珍珠 / 合上扇面的不确定感。/ 尖塘鳢埋进泥沙的白昼 / 能否逃过夜的砧板？”（《喜忧参半》）不同的事物在张悦笔下，巧妙地与内心感受发生联系，抽象的情感以具体的事物来表现，在隐喻中透露出深刻的意蕴和内涵，颇有一种迷幻而生动的画面感。“一支被光、影和空白 / 渐渐吃掉的铅笔，/ 仍可以选择 / 被什么样的手发现、把握 / 加入或者背离”（《此生》），沉静之物如铅笔，此时也具备了丰富的生命与哲学意蕴，与其说是铅笔在做选择，不如说是张悦借助铅笔宣示了自己的生存选择，这同样也是诗人生活经验与智识表达的体现。

凌风的组诗里透露着沉静古典的睿智，丰富的语言素养和灵动的想象力，让他的诗歌有着历史的视野，表现出自我对外在的顿悟与通达。“野鸭像先知，走在湖面上 / 仿佛苏格拉底在林间沉思”（《春日》），湖面的“野鸭”如同“先知”，不由让人想起“竹外桃花三两枝，春江水暖鸭先知”（苏轼《惠崇春江晚景》），这一象征与“苏格拉底在林间沉思”形成阐释上的互文，彼此补充和说明，营造出一种辩证而神秘的诗意氛围。凌风用灵动的想象力穿越时间的表象去体认现实生活，但他的表达却不是简单的对历史的想象和复制，而是深入到表现自我在现实中的感受与状态中来，或者说凌风的大部分诗歌在完成后，呈现出的除了他本身的生命体验外，还有作为诗歌本身所拥有的文本的意义与价值。正如诗评家陈超在《诗艺清话》中提到的“诗歌不仅仅是传释你的情感、经验、智识，诗还有属于它本身的情感、经验、智识。”也就是说诗在形成后，便具备了它自己独特的意义和价值，应该让读者更多体会到诗的本身，而不仅仅是创造它的人。“清明过后 / 雨水像输不完的点滴，顺着屋檐流下来 / 空旷的堂屋，就像经殿 / 外婆独自跟死亡做着辩论”（《一个人的断代史》），“雨水”成为“点滴”，“堂屋”变成“经殿”，凌风将它们联系并置在一起，以此达到对自我情感经验的诗意传达。凌风孤独的心境与诗歌的文本情境相融合，在表现了其压抑而隐忍的忧思后，也建构了具有特殊象征意味的表述形式，更为丰富和完整地展现出“一个人的断代史”。

在组诗里表现对故土自然的精神寄托、实现自我安置，不断探索和超越普遍性的写作经验，建立起个体与社会的共生与连结关系，是亮子正在关注与挖掘的。他认识和理解生活经验的方式更为主动，从小而具体的事物入手，对自身情感变化进行综合整理，为我们呈现了一个现实与理想交织缠绕的感性世界。“我们在秋天里走着 / 认识些许草木，辨别其中志趣 / 胸中自然有一片生长的天地”（《我们的秋天》），亮子对自然的态度是谦逊与温和的，也正是这种内在心境的自由与平和，让他的诗歌拥有了旷达深远的思想，而亮子敏感丰富的内在世界也得以完整体现。如果说面对自然，亮子坚持的是一种有别于对抗的共存关系，能够在与自然的共生中凝视共同的价值，那么，诗的内容和意味也在变得丰富与深刻，更加趋向于生命本真的意义与价值。《又一次哭了》短短几句呈现出亮子内心世界防线的逐渐瓦解，末尾想起稗草般的一生，无助的孤独感犹如秤砣，使他感到沉重的压力。但这种肉身的沉重却也是精神成长的基石，在表达亮子复杂内心世界的同时，也为亮子生存境地提供了选择的可能。栖迟泉石使人闲适，驰骛功名让人淡薄，虽一生如稗草般渺小微弱，却也可以选择成为哪一种人，在微光中发现和捕捉生命的奇迹，或许可以成为稗草丰富的人文意义，成为亮子创作中勇毅而旷达的追求。

“时间让一座沙岛沉阔成沃土”，时间也在这样的消逝中从虚渺走向清晰，抽象的时间被指向为“沙岛沉阔成沃土”，生命的感受力自然也就形象和具体化了，这是诗人葭苇超拔想象力与敏锐洞察力的体现。通观《沙岛》这首诗，可以看出葭苇对词语关联性的捕捉能力，纷繁意象与修辞巧妙地呈现出内在思想，贴切却也有些含混的比喻，阐述着她对爱情的感慨与思考。“我走不出的雨，你有你 / 澎湃的律令，踽踽，长鸣。/ 明天，我会以哪一种形状 / 醒在,你细细的水声里？”（《赤脚医生》）在这里葭苇并没有将两个人并立来看,而是运用通感把“你”想象成“雨”，走不出的“雨”成为对走不出“你”的表象,“雨”所带有的“踽踽，长鸣”，此刻也指向对“你”的感受与幻想。当事物被赋予新的经验和意义后,诗歌所表现出的思想力度也有所增强。又如《小奏鸣曲》，葭苇丰富的知识背景与现实经验，让这首诗歌在形式上富有变化，复杂的语言创造和意象组合呈现出生动的画面感，而强烈饱满的写作激情和主动性，也成为葭苇祛除现实杂质、勇面自身问题的深层因子。“无须更多静思，把你的脚 / 交给一程一程山。”所表现出的冷静豁达，更加凸显了葭苇对人生命运的智性理解，使我们看到了作为年轻诗人朝向未来的多种可能。傅浩在《叶芝之伟大》中对叶芝诗歌的特点理解为激情和智慧，认为两者“彼此交织，互为消长，就像他的哲学体系中的那一对螺旋锥体那样相对运动着”，这似乎也成为很多年轻诗人具备的写作特点。对外在世界保有足够的热情,对生命体验具备智性的理解，也正是葭苇组诗中创作精神自觉的体现。

简洁明晰的文字，呈现的是诗人内心面对日常的独特经验，陈放平的组诗平静地讲述身边的人和事，从细微的生活里发现隐藏于生活背后的问题。他的诗歌像一幅幅生动形象的生活画，人物与事件、感觉与经验、真实与顿悟构成了生活画的外在情境与内在情感，在启迪与感动人心的轻盈之中，释放出沉重而震颤的力量。《简约》这首诗和它的标题一样，寥寥几句微观经验的呈现，却形成了一种丰富的时空张力。在现代化城市复杂的背景下，“人力三轮”成为“古老的广告”，诗人试图构建起在关联时间里的诗歌语境，通过独特的生活观察和体悟，重新理解并赋予生活以现实的意义。“我们是两具钢铁 / 在多数分别的生活里 / 少数地团聚 / 我每一次 / 喊“爸” / 都相当于表白”（《成年以后》），如果说分别所带来的感受包含着对主体更加立体化的表现，那么团聚所记录的对主体思想辩证的挖掘与描绘，则更加凸显作为主体的父子精神世界的紧张与对抗。虽然在“钢铁”的世界里，一切似乎都变得坚硬和冷漠，诗人萦绕着的记忆也不断桎梏和约束着内在的精神世界，但如“喊‘爸’”般的召唤的声音不断提示着诗人，现有的心灵所承载的特殊经验与感知，某种程度上推动和增加了诗歌作为表现亲情关系的深度和意义。

读六位青年诗人的作品，既是读文本背后个体的知识和经验，也是读诗人们源于日常又高于日常的智慧与玄思，他们的诗歌或质朴深沉，或隐喻辩驳，或奇诡复杂，或简约细腻，都是从自身的生命体验出发，用极具特色的语言呈现自我的情感和思考，使诗歌有力地建塑起时代背景下的生活图景，向着多元与深广处发展。

【作者简介】隋伦，山东青岛人，吉林大学硕士研究生毕业，现为《诗刊》编辑。参加全国青年作家培训班、鲁迅文学院诗歌高研班等，曾获中国作家出版集团优秀编辑奖，有诗歌和评论见于《诗探索》《诗刊》《中国诗歌研究动态》《文艺报》《解放军报》等。

非常现实

月光住在弹丸小镇（组诗）

◎张远伦

【作者简介】张远伦，苗族，1976 年生于重庆彭水。重庆市作家协会副主席，一级作家。中国作家协会会员。著有诗集《白壁》《逆风歌》等。参加诗刊社第 32 届青春诗会。曾获骏马奖、人民文学奖、《诗刊》陈子昂青年诗人奖、徐志摩诗歌奖、谢灵运诗歌奖、重庆文学奖、巴蜀青年文学奖等多个奖项。

[张屠户家史]

我的曾祖，性情软弱，而成为镇中名屠
作为解剖学的高手
用刀凌厉而精确，“事实的悲剧”终日
在他的木讷中上演
曾祖父的弟弟，刚用谈判
从龙溪乡土匪手中，解救出何员外
半日“扮演的悲剧”止于
意料之内的情节末端
何员外的后人和我父亲，有时候会在镇上碰面
点头微笑或是停步寒暄
都是代替先祖说话
而我作为汉语的生理研究爱好者
学庖丁而不得，转而
为某个替猪崽接生的母亲写诗
为乌骨的家禽，扭断二十四处转承启合
我的刀法与语法
有了生硬的一致性
“张屠”，您若这样敬称我，便是
摸到了我的血脉
多谢，请赐我一柄剔骨的短刀

[月光住在弹丸小镇]

月光从来只住在眼睛里
很小
经不住死亡
我们老了
只住在弹丸小镇，很小
经不住现代化
那一夜，扩大版的月亮
发出怜悯人间的光
均匀
洒下来。我用眼睛去接
太小了，接不住
我用瓦沟子去接
举着整片屋顶去接
它泻下
像是来
朝我们，顺颂冬祺

[辨认一条旧路]

我活了四十五年，仍是
一个路边婴儿的命运
被物质世界抛弃，上天并未
以一袋白糖
给予抱走我的诗歌，和眼下
自我认识的，刻意的安详
今日忽然兴起
去后山辨认一条旧路
满肩的露水，拜芭茅草所赐
扒开意旨之外的闲笔
露出石灰石的质地，表象
斑驳，光滑不再，跌宕之中
的平稳不再。终于行进到
大转拐，似有断断续续的抽泣
也似有宛如天籁的啼哭
我有了幼年时的惶恐和无助
似乎别的生命，脐带连着
我的生命。静下心来，却发现
这些不过是野鸟晨起时
无所顾忌的鸣啭。我越走越快
却越陷越深。要在四十年的变迁中
辨认一条旧路，多么难
多么需要哀伤和悲凉

[在药房称思想的重量]

退出药房，总要到门口的电子秤上
轻轻地站一站
近年来身体逐渐瘦弱
深知老之将至，有不确定的未来
会以非常规的样子出现
小镇生活，就是在缓慢地
等待那个未来出现
每一个当下，都像是被刀刃切开的
新鲜而又疼痛
体重从 104 到 107，再到 110
我一直祈盼着，指针旋转更快
更接近极限
当我看着针尖颤抖，终于
停在某个刻度上，又和我保持了
同样的静默……“110”这个刻度
很久孤立无援，没有未来

前几天，我写了很多诗，试图
加重自己的思想部分
站上去再试试，竟然略轻了些

[进开元寺，惹尘埃]

仿佛世界由灰组成
看得见的沉积和看不见的飘荡
共同形成了物质和非物质
我身体里也藏着一些灰，重量不详
没法向你告知数据
原本只有丁点
后来，母亲把星辰的细屑给我
命途把呛人的尘埃给我
我便觉得那些灰变多了，变重了
在我恍惚的诗意中飘忽
在我精神的喟叹里激荡
现在，我站在大风里，拼命裹紧衣衫
我不是怕冷，是担心
那些灰，一不小心就散了
我写过的所有句子中，只有
“寂灭”最像我现在的处境
慢慢把骨头磨成灰，把语言磨成灰
属于再生的那部分，我不要了
你若有心，读读我的旧诗
和诗里的常用词，我就会凝聚着自己的
那些灰，隐隐现世

时间的绳索（组诗）

◎陈计会

【作者简介】陈计会，广东省阳江人，中国作家协会会员。作品发表于《人民文学》《诗刊》《十月》《北京文学》《作品》等百多家报刊，入选 180 多种选本，有诗被译成蒙、日、英等语言。出版诗集《叩问远方》《世界之上的海》《岩层灯盏》《陈计会诗选》《虚妄的证词》《此时此地》6 种，主编诗集 10 种。曾获全国鲁藜诗歌奖、全国散文诗金奖、中国公安诗歌奖、广东省诗歌奖等多种奖项。

[困]

——给林芳所

这是漠阳江与环城河的铆合部，在楼顶可观
内外流水的接吻、嬉戏、潜涌，浑黄一体
分不清彼此，也无须分清泾渭，正如你的作品
——困在此维度，又何止此维度
那是无数条轨道的聚合与叠加，比如你的人生影像
重复了多少古人、今人？你说可 X，可 Y
我说可 N+1，你的密码铜锁密封在玻璃罩里
而此罩可不攻而破，密念你的秘诀——
“心是最强大的”，你不用怀疑生命的硬度和广度
你将钢（50cm×30cm×19cm）、玻璃缸（10cm×10cm×30cm）、
水泥砖、斗鱼、黑彩石、空气凤梨植物重新建构
——凸现意志的铁锤品质。
当这个世界是一地碎玻璃，你拾起、拼贴
发现自己的脸孔无处不在，而又
无法逃离镜子的观照。虽然你说
——不在食物链中。而此刻却深陷——
那对角锯开的印茄木，以阶梯模样，压住铜雕
重压之下，破土而出的密布的不锈钢螺丝
森林一般耸立在非洲柚木板上

我觉得应为一种重生而庆贺
——虽然它无关你我，无关人与物。
艺术构建的空间纵归抑闷；更吸引我的是——
楼顶。沿铁梯攀爬，开阔——可以纵观，可以
呼吸：城市、落日与远山；一条机船逆流而上
突突划开因上游暴雨而浑黄的水面，向两边迅速
推进的波纹膏油，不断重构楼房的倒影

注：2019 年 7 月 13 日参观林芳所
“可 X 可 Y”艺术展览。

[守住这口井]

夏天苦涩，你在感冒里打坐
发热，这个世界已余热可贾了
内心寒凉，吃药
又何止你一个人在吃药，你
一不小心成了病人，世间
那么多人，小心翼翼也成了病人
不过，还好，不是精神病人
据说，腐烂是从内心开始的
你要守住这口井，每天
掬一瓢饮，清凉、无毒
成为灵魂的源泉

[入 秋]

时间也有用旧的时候，正如
你手中的斧头，越磨越短
你要下大力气，才能
将秋风劈开

黑暗节节败退，裸露
蚂蚁埋藏在命运里的黄金。

[家具店]

那浅笑，也散发着木质香味
烟雾轻锁的脸，隐在屏风后面
品茶，红木泛起水面的波光
故事平静地衍生开来

13 岁，少女的脚踝，让田埂
显得更瘦削；流水寒凉，穿越
工厂、成衣行、家具店
无法一一描述：一棵非洲原野的大树
辗转，成为你身后的家具——
斧、凿、刨、锯……轻易磨滑了
36 圈年轮：你孑然一身

河面开阔，流水越来越平静
你的叙述，不起波澜
轻靠太师椅，品茶、摩挲扶手
我无法感知哪里有榫头
哪里埋藏着钉子；木纹的淡寂
凸现镜面，赋予你的苍茫

母亲的记事本（组诗）

◎马冬生

【作者简介】马冬生，生于 1969 年，网名燃烧的雪，河南省作家协会会员。曾获中国诗歌学会、《诗刊》《星星》《诗歌月刊》等主办的全国诗歌大赛奖。著有诗集《燃烧的雪》。

[我是农民，我种地，也写诗]

我是农民，我种地，也写诗
写大白话的诗，大是大地的大
白是白菜的白，话是土话的话

我写诗，喜欢从我种的庄稼地里找灵感
喜欢在乡间的晨曦和炊烟里吟诵
我把犁耧锄耙干出的活叫做好诗

我种地，不会荒芜任何一块土壤
我写诗，也不会随意增删一个汉字
不要阻止我写诗，饥饿的心灵不答应

[母亲的记事本]

借□□家 10 斤面、买□子花 21 元
母□ 3 月初 10，生了 6 只
黑□他爹借走了一把□刀
拉□□电话 868121X……

——老家院墙上的这些字迹
是妈妈在世时用木炭块写的
那清晰的字，我一笔一画地记下
辨不清的，暂时用空格代替

这还不行，那片遮墙的石棉瓦漏雨
我必须换成新的
墙也在衰老，它如果倒下
妈妈的字，会摔疼的

[贴春联]

刷麦香的糨糊，贴双倍的吉祥
所有的宅院被大红的春联镀亮

乡音有平仄，门楣求对偶
福门打开，家家都是满院春光

上联是下联的祝福与憧憬
下联是上联的牵挂与乡愁

把春联的红浸染成光阴的红
我永远是一家人的横批与脊梁

[锄 头]

磨刀石呲拿过来，一盆清水端过来。
趁着太阳还没起来，把我的锄头擦起来。
——民谣

为什么我抚摸着这锄头，想到了娘亲
在这土地上，我又怎能说我离土地最近

挖穴、作垄、耕垦、盖土、除草……
所有的弯腰，都带有节气耀眼的锋芒

锄刃的锈，锄柄的腐，又是谁的眼泪
唯有田间的五谷丰登记着锄头的坚韧

前腿弓，后腿蹬，把脚步放稳劲使匀
一把锄头翻过，才有人间的好墒情

不能让筋骨僵硬，不能让臂膀卸下重负
抡起诗歌的锄头，我清楚该探进哪里

[木 耧]

咯嗒，咯嗒，种子粒撒下。
咯嗒，咯嗒，种子发芽。
——民谣

耧铧入地的深度，不是谁都可以校准
倒入耧斗的种子，也有伟大的想法

播种、开沟、下种、覆土……
庄户人的平仄，谁能说不是人间的绝句

扶耧的人、拉耧的牛或者人，哪里去了
春种秋收，田里的吟唱没有沧桑

耧身上还沾着的一点泥土，不要擦去
那是一架木耧对大地的最后的眷恋

馆藏的耧，靠墙立放才不易变形
人也是，脊梁得靠着良心才挺得直

秋事（三首）

◎雷黑子

【作者简介】雷黑子，中国作家协会会员。作品发表于《诗刊》《草堂》《诗潮》《星星》《诗选刊》《诗歌月刊》《绿风》《散文诗》《散文诗世界》《中国校园文学》等文学期刊及各种选本，出版有诗集《河脊汀芷》《风骨指数》，出版有长篇小说《别让老婆上网》《4天爱》等。荣获“青藏之窗·雪域羚城”全国散文诗大赛银奖。

[芦草]

跪成小绵羊的雪花
把母亲最后撑起的帐篷
哭成坟茔。雪帐里
有从秋天攀缘上来的麦苗
有母亲二十年前
种在地里的歌谣，还有我
不分季节发芽的膝盖
不知何时已长成了芦草
牧喂着一只又一只远行的云朵

铜瓦厢是母亲最深的伤口
是黄河与仙女
一次风沙漫天的邂逅
母亲说芦草便是仙女草
每一片叶子都有仙女的指甲印
小绵羊说仙女草是母亲草
每一枝草茎里都能滴出乳汁
所以被黄河养大的孩子
一直迈着大海的步伐
不乘风破浪，决不复回

[秋 事]

霜总是蹑手蹑脚地回到老家
把地里地外的物什
都美白一遍。然后
斜卧在秋场的石磙上打盹
母亲此时，应该
在秋天的某朵云上纺织
她没想到，霜从发间溜下来
做了那么多善事
还是没得到茄子的谅解
似乎在等最后一个绿豆荚
咧开嘴，等月亮最后一块补丁
补上，才好让纯洁
在无边的思念里与尘埃团聚
她知道，我能收割完
邻里间的陈谷子烂芝麻
却收不尽，她种在
我梦里的那些童话和故事

[正月十五，村里所有的人都去了坟地上灯]

父亲点着了灯笼。风吹灭
再点着，风再吹灭
如此不断重复着仇人和亲人的谜面
涂抹着灵魂深处的应答
更早一些时候
有只鸽子在坟头故意啄羽
小脑袋倔强一摇，麦苗返青
再倔强一摇，麦苗还是青的
当时也没有什么征兆
母亲就把我交给了灯谜
父亲猜了一生，命运还没开始

锋线

Cao
Tang

生活阅读起来已形成章节（组诗）

◎方文竹

[夜读]

月光照耀一百七十三个县
龙战于野：山河被切割成一块，一块
乘马班如：分散的山河渐渐合拢起来

月光照着我——
龙马的童话里，我不是白银的收货员
只是让一把刀子恢复它的抒情性

[历史]

深夜翻书，无意中我被嵌进某个段落
碰到一位大人物的下巴，幸好用上了
这些年的思考，接上命运的断桥
不要问我此刻居何特定的时空，比如
古希腊的城邦，唐宋的庭院，十万精兵的骚乱中心
我有限的矛正在对付无限的盾
幸好赶上了春天：朽木生芽的奇迹蔓延
谁也挡不住一江水东流的气势

天亮了，妻子好生奇怪，提醒我
“你是一个具体的人，活在今天”
可是，具体的人不断给抽象的人输血，打气
让其内化，衍生，又成为具体的人，精神的人

你们哪会知道呢——
我是时光中的青青柳，扎根大地的钉子户
一万颗炸雷也拔不走
春水弥漫
文字只是一叶叶小舟，载着我的万古乡愁

[老房子]

咬紧宛溪河堤岸的二层建筑
谁也无法考证它的岁数，年代
斑驳的墙体似抽出线索
却捆住你的想象。脚下的波涛
一日千里，涌动万马奔腾之势
给文明的结构以压力，又撒手而去
它只好默默地依存于
大地的托举，在时间中站稳
并学会了缓慢术，水龙吟
真的想替它做梦呵
在月夜，我站在它的身旁
像同伴，默默无语，两个孤独
加在一起，还是孤独
却共同拥有内心的无限宁静

[论冬藏]

肩头的扁担与道路一同奔向房屋
像神的造句，推开状语里的暗门
砍柴人凭一己之力剥削山体
乡村小学鸦雀无声
大地张开巨幅的胃，但不消化
让你猜存在之谜，不可理喻的内力

甚至，你被敌人收藏，这部活剧
一直上演到时间的盗窃犯收手为止

藏天下于天下吧，庄子涉过秋水
已到十二月，该是河床见底
岸上人迹罕至
一截枯枝解放了宇宙的原理
有无相生
谁也不必担心自己会成为多余之人
像此刻，保持我对废墟的好奇

[十字铺一宿]

世界空了，郎川河的独白
让人紧张
窗外，一种黑暗变成了一千种黑暗
高铁站方向的一缕星光
代替我在黑暗里写下了什么
待到一轮旭日泼出鲜红的墨
抹去隐于角落的错别字
我感到万物突然被转译
到哪里寻找昨夜的主题词呢
一株樱花树托起皖东南大地
而我独自挖掘她的根系

[书]

我所经历的生活阅读起来已形成章节
那是我的意向，给庞杂的材料赋形
今天，我有更多的阅读习惯，更多的律法
可是，墨迹未干，却忙于旁批
时间的批评家乐于打开天窗

未来的日子呢？腹稿搭起了大致的框架
未知的生活填充着空白，增添抒情的清词丽句
不过，少不了集体主义的修改，证明：
一生的润笔，即用必然战胜偶然
而个人的笔法是想证明：今天的太阳
照亮明天的句号不是最后的真理，仅代表
日常生活的光谱，以及它的分岔

大雪在身后化作清溪（组诗）

◎张洪波

[进 山]

我要去那山林
林中积雪已被打扫干净
阳光有了一线又一线地方
安身

我要去那山林
听一声声歌唱
看百灵鸟把满山渐渐啼绿

进山
大雪在身后化作清溪
冷风散去

甚至不留脚印
思想潜入林间
想象布满枝头

进山
这个春天真好
一切都有了新鲜模样

[草原六月]

进入六月
江山正在设色
羊群漫步其中
被鞭声赶往草原深处

羊群如一片云在游动
牧人像一滴墨凝望远方

那边山峰比孕妇还要激动

河水唱起长调
树木抖响叶笛

有人坐在石头上
吹着冒顿潮尔
气息渐渐铺展开

六月用双喉音讲述
野草和羊羔都在茁壮成长
谁也无法阻挡

[枯 叶]

一枚枯叶在风中滚动
它紧缩着自己
来不及追忆当初
就已经变了形　变了色彩

从高枝上落下来
它似乎很没有面子了
如一个人捂着脸转身逃走
悄无声

枯叶是一场梦
一个后果
一番折腾

[车 辙]

在大地上划过
线条刻印出一种忍耐
颤抖着

一点点移向远方
或是一个长远诉求

我不知道那是不是
一个巨大圆轮
就像转动在我心里那个

你们慢慢向前延伸
直到我看见你们在天边会合

[湖 上]

小雨正在用细节描写一湖水
水鸟忽从湖面跃起
那一瞬　众多想象洒落
一些人已乘船漂近

蒲棒抱紧自己
荷花打开心思
只有我毫无创意
正期待着靠岸

近事远物皆入梦（组诗）

◎李永才

[乐土]

仰天窝，一只熊猫仰天而卧
想必也是天意。一个叫霍夫曼的方家
让一只熊猫，走下山冈
走进人间的广场
一只小兽的天真与快乐，在天地之间
不过是一个随心所欲的创意
你看，他用手上的镜子聚焦天空
方寸之间，天空仿佛一面巨大的镜子
收藏了多少美好的记忆
你听，千山万水归于一声澎湃
自然之境，让浩浩岷江抑扬顿挫
一门开禅关，苍茫分四野
栖居这般自然的水土，阳光辽阔
——早已抽象成，一种寂静的休止符
当他轻盈地翻过身去
江风就吹过廊桥，江风带走了一些秋水
却留下了一些
比秋水更珍贵的事物

[忆江南，始于一次虚构]

人们不再关心
那些陌生的面孔，为何而来
只纠结于一缕月光
能否扶起一根年轻的毛竹
还有谁？把搁浅于断桥的那一只孤月
演绎成一个迷人的传说
江南的叙事，似乎喜欢在暗夜
不经意时，一场疾风
将流水的阴谋，散布在运河的两岸
一些人从悲剧的遗址中走来
看山听鸟，把多事之秋

想象成一棵凋而不谢的桂花树
忆江南，始于一次虚构
落日残花，依然是旧时气象
驰骋而去的关山，像冲破栅栏的野马
重获自由的过程，既有虚构的真实
也有无形的逻辑

[蓝天是一池清冽]

有时，蓝天于你就是一池清冽
自由而悄无声息
你的季节，潮汐和仙鹤一样的哀歌
跃过高高的栅栏，进入真相
那些跌宕起伏的意象，以闪电般的速度
迅即消失，无影无踪
那是一片荒原吗?
你的面孔越来越模糊，仿佛一只蝴蝶
飞进杂乱无章的发际
我荒疏的额头，犹如一片瘦土
许多哲学物语
种植在这里，玫瑰、月季和野蔷薇
这些攀缘状的乔木，或灌木
不经意地，从我的头顶升起来
蓝天于我而言，
帆船已被岁月放逐太远
怎么伸展，也无法划向你的彼岸
人生的季节已至秋天
而你刚从花季过来，向南的天空
刚刚下了一场雨
你的裙子，在金黄的光线里
又多了一些浅白

[蓝天下怀古]

远去的青春，如候鸟的叫声
跌落于少年的瓷器
也像晚熟的山楂，从少女的手上剥离
一枚怀旧的果实
遗留在秋天的母腹，等待一阵风
揭示那些闪亮与模糊的秘密
说起少年时代的旧日子
我常常想到古人，想象陶渊明
辞官、种田，独坐南山下
诗酒醉菊花。想象弗罗斯特
蓝天下怀古，田园里抒情
像一只闲鸟，飞过乡村与集镇
分享一小份阳光与寂寞
我也热爱那时的村庄，先是白云
后有白云一样的姑娘
我也想将东坡爱过的月光
再爱一遍。也羡慕那时的浪子
自在逍遥，漂泊他乡
我渐渐明白，月下的马蹄
再怎么清脆，也高不过天堂
低不过苦难。就像多年征战的壮士
湮没于旷世的风尘
一副皮毛与骨架，驮着远方的来信
走在模糊的老路上

杜甫草图（节选）

（712—770）

◎叶 梓

（公元712年）

［诞 生］

除夕的风
从笔架山吹来
夹杂着小小的雪片：
一片、两片、三片……

被雪染白的瑶湾[①]
拥有万物生长的冲动：

一片雪与另一片雪的间隙
一个婴儿降临
他的名字叫杜甫

一个小小生命的到来
相比扑朔迷离的一年[②]，多么卑微
可他，还是不合时宜地来到了人间

（公元723年）

［童年之诗］

童稚情亲四十年，中间消息两茫然
——录自杜甫《送路六侍御入朝》

一条开满野花的乡间小路上
两个少年
（或者更多）
一起登山、攀树、捉蟋蟀

童年的时光
美好而迅疾

四十年后
梓州相逢

家乡的歌谣漫漶不清
中原的方言，锈迹斑斑
如同一截废弃的遗址

（公元 746 年）

[长 安]

长安的城门
咣当一声，开了

杜甫喃喃低语：
我来了

初来乍到的杜甫
揣着父亲塞进衣兜的白花花的碎银子
交游、饮酒

长安长
长安青
年轻的杜甫
误以为这座繁华之城就是自己梦的舞台

而那场大梦，一直都未能苏醒

（公元 750 年）

[酒醉之夜]

——赠郑虔

今夜
我们不需要纸[3]不需要月光与星辰
更不必热烈讨论一个王朝的未来与病症
——今夜，让我们传递手中的粗瓷大碗
让我们醉了的身体代替内心的沉默发言

（公元 751 年）

[不惑之年]

谁能更拘束，烂醉是生涯
——录自杜甫《杜位宅守岁》

暧昧的气息里
中年的杜甫，迎来年的尾巴
迎来不惑之年的最后一天

“位京中宅
近西曲江”
手持椒酒
我心彷徨

越燃越亮的烛火
请驱散我小小的紧张
我的富贵如同一场烂醉

（公元 760 年）

[草堂的赞美诗]

背郭堂成荫白茅，缘江路熟俯青郊
——录自杜甫《堂成》

浣花溪畔
万里桥西
一朵洁白的云彩下面
有人弯腰认真栽下了一株青青的竹子

——哦，安居的梦里
渐次出现了果苗、树木以及不知名的小花

大邑的烧瓷坚硬又清脆
一路奔走的杜甫时时不忘对美学的不懈追求

“桃可果腹
花可娱人”
缺少睡眠的他
做了一夜香甜的梦

梦的深处
风含翠筱，雨激红蕖
清丽的形容词领着草木虫鱼跑进他的诗行

写完诗的杜甫
终于可以坐在一把老式藤椅上数一数星星

（公元762年）

[谒陈子昂故居]

——宅在射洪东七里东武山下

落日如血
故园幽暗

初冬的青苔
并不知道，缓缓流过的涪水
早就带走了一个人的全部哀愁

杜甫的抵临
与众不同④，他替卑微发言
是因为拥有相同的悲欢与身世

挥挥衣袖
杜甫走了
仿佛一场吹来又吹走的风
只剩下空寂的大地和《感遇》之诗
对抗着时间

（公元766年）

[云安谣]

“三牛对马岭
不出贵人出盐井”⑤

——只提供盐巴的小城
你的上空
没有一朵云彩是安静的

大朵大朵的云下面
打马经过的杜甫，被病绊倒

肺病跟风痹暗暗联合
呼吸有点难
双脚有点麻

停下脚步的杜甫
连仰望星辰的力气都没有了

唉！南方小城的春天
最终消失在未曾触碰的米酒杯里

（公元770年）

[一只船]

秋风里的潭州
一只被风拉响的琴箱

琴声凄怆

一场重逢[6]过后，“生活在继续”[7]
流离失所的生活，仍在继续

杜甫忍着疼痛的身体
在床边给湖南的亲友写信：
故国悲寒望
群云惨岁阴

——数日之后
他死于一条小小的舟船

自况沙鸥的人
停止了飞翔。那只舟船
一直摆渡着他，通往永恒的历史

【注】

①瑶湾：杜甫的出生地，即今河南省巩义市站街镇南瑶湾村。
②扑朔迷离的一年：杜甫出生的这一年，朝廷动荡，年号三变——太极、延和、先天。
③纸：唐代郑虔早年举进士不第，困居长安慈恩寺，无钱买纸，见寺内有柿叶数屋，逐借住僧房，日取红叶肄书，天长日久，竟将数屋柿叶练完，终成一代名家，成为士林佳话。
④与众不同：宝应元年(762)，杜甫谒陈子昂故居，写《陈拾遗故宅》一诗，与此前赵彦诏、郭元振等人“到此一游”不同。
⑤“三牛对马岭，不出贵人出盐井”：杜甫在夔州期间关注当地盐业，有“负盐出井此溪女”之句，仇兆鳌注解其诗说他援引当地的《马岭谣》：“三牛对马岭，不出贵人出盐井。”而更真实的情况是，“云安人家有盐井，其俗以女当门户，皆贩盐自给”。
⑥一场重逢：大历五年（770）的春天，杜甫寓居潭州，与李龟年偶遇。
⑦“生活在继续”：茨维塔耶娃的诗句。

草堂圆桌

Cao Tang

A XIN

娜夜

安少龙

阿信

唐欣

人邻

在夜的高原上（组诗）

◎阿 信

【作者简介】阿信，汉族，生于1964年。著有《阿信的诗》《草地诗篇》《那些年，在桑多河边》《惊喜记》《裸原》等多部诗集。曾获徐志摩诗歌奖、昌耀诗歌奖、西部文学奖、“陈子昂年度诗人奖”（诗刊社）、十二背后·梅尔年度诗人奖、屈原诗歌奖、陆游诗歌奖等。

[一块石头]

在一块石头上牧羊人和他的影子坐着。
在一块石头里供着一座灰烬寺庙。
在一块石头被另一块石头撞响之前，落日
带着告别的长笛，与万物一一揖别。
在一块石头上留下灼热体液的雄性动物，
已在长风中解体。
在一块石头上雕刻点什么吧，不为记忆
只让小锤和錾子，在暗夜敲出簇簇火星。
在一块石头上雪花飘落，覆盖过往一切痕迹。

[在夜的高原上]

河流醒来，在夜的高原上。
黑色河面在发光，
那种暗沉的光。
河流只有在星月下才能真正地醒来：
古老的星月，唤醒血脉。
蛮荒中的生命负荷重力，充满野性。
牦牛群无垢的瞳孔，瞬间涨起血潮。

[记 忆]

伤口慢慢愈合。边缘泛绿
春雪在视域里模糊一片。

大陆深处，葬礼中的面孔肃穆眼神清凉哀伤。
背景的针叶林发出阵阵啸鸣：雪鸮鸟
正从那里箭矢般飞离。

一头熊，缠着绷带，兀自在荒原踯躅。

[心 经]

这一部河流的成长史，我们来读读。
或者，在星辰的微光下，收束气息，披霜而坐。
只我和你，在大地勉力修持。

[马]

马停留的地方雨脚密集。这马
没有人骑，它驻足在雨水中。马背
溅起水光，马的腹股沟滂沱一片。

我遇见过这匹马，我无法说清我
当时的感觉。

我在草原腹地的一顶帐篷里，而它
在天地之间。它似乎是
沉浸在漫天的雨水中。

就像我在庭院栽种下一棵樱桃树
我爱它，没有理由。

[雪中的湖]

雪中的湖
几个黑点（牦牛？），缓缓向边缘移动。

雪中的湖，被遗忘的上师，独自
冥想、静修，体验着瑜伽。

雪中的湖，地衣在暗处滋生；猫科
动物在月夜逡巡……

雪中的湖：遥不可及，高不可攀，冷艳神秘
不可近亵。

雪中的湖，二十座雪山
供养着它。

雪中的湖，
通过一条暗河，源源向你输送。

[烤紫薯的味道]

烤紫薯的味道，在下桥后
通往篱笆小院的土路上，刚好闻见。

雪中那人，
明显加紧了脚步。

柴门紧闭，烤紫薯的味道
还是溢出来。

风愈紧，雪愈急，
那味道，飘出愈远，愈温暖、香醇。

雪中那人，裹紧衣服
侧身，低头，走得愈疾。

大片大片
苍茫风景，被抛在身后。

[经幡隧道]

本来是没有经幡隧道的。甚至
这条路也不存在。

椭圆形会议桌上，摊开一份
新景区规划图，几个脑袋围了上去。

皮卡车载来手拿经纬仪和游动标尺的人，他们在雨雪中支起简陋的野营帐篷，住了几天。

高山草甸腹地，旗帜一样的
红花绿绒蒿开了（我眼里的星星亮了）。

那个夏天，挖掘机切开草原的皮肤，
露出黑暗的泥炭层、紫色的沙岩、幽灵似的
白色岩石……那些日子，

牧人骑着马，远远地驻足观望。
牛羊的身体出现反应，患上了严重的夜盲症，
接连撞翻几处围栏，和一辆
停放在坡地的摩托车。

鹰和乌鸦，像两组
遭到禁忌的词语，不再飞临这里的天空。

还有没有人记起：佐盖多玛乡的美仁草原
在星空下有多么美，多么幽静和寂寥？

几场秋雨过后，初雪如期降临。初雪
验收了一条蟒蛇般蜿蜒盘旋的水泥路。

人们惊奇地发现：事情并未变得更糟。
天空依然湛蓝，草原更加辽远，水嘛呢
风车一样转动。

镜头中一度缺失的巨型禽鸟，像从传说中
众神聚集的石头城堡再度起航，掠过
白首的阿尼玛卿神山，穿越
蜀锦般绚丽的云层，翩然飞临。

而牛羊，在啃食了十二世纪
自古波斯引进的
富含维生素 A 的胡萝卜后，恢复了原初
清澈、能睹见神明的眼神。

岑寂的荒甸，涌来
潮水般的游客。

“本来是没有经幡隧道的。”但现在
出现了一条：像座头鲸穿越正在回溯的鱼群——
一条深海沟，彩色、透明的通道，
在刺目的光芒
和沁凉的草地气息之间。

人们试图抓住：那些从飞舞的经幡缝隙遗落、
又稍纵即逝的
“吉光片羽”，但注定是徒劳的。

失重的感觉正如那部著名小说所写：
“如在水底，如在空中。”*

所幸，在道路两侧，一望无垠的荒甸上
星空帐篷也建起来了：像一串串
晶亮的泡沫。

困于资本、新元素、抑郁症和人际关系学的人们，
通过预约，提前透支虫鸣、霜露，被夜色谨慎
包裹着的荒野的恐惧，

仿佛一躺下，就能重回人类的蒙昧时代；
一仰面，就能阅读浩瀚星空壮丽的史诗。

*语出当代作家弋舟的同名短篇小说《如在水底，如在空中》。

【客座】

AN SHAO LONG

阿信与他的草地诗学

◎安少龙

岁月荏苒，阿信在草原上写诗，一晃已近四十年。从诗集《阿信的诗》《草地诗篇》到《那些年，在桑多河边》《惊喜记》《裸原》，阿信的创作犹如大河的几道拐弯，河床依然宽阔，但河面更加平静了，静水深流的意味越来越浓。岁月对于一个诗人是苛刻的，但诗人对自己更为苛刻："写诗三十年，能收在一起的，也就这些了。如果苛刻一点，或者连这些都没有。"从这样的自述中，我们仿佛能看出一种苦行僧般的苛刻写作，一种专注追求深度和密度的写作。

阿信的诗歌创作与甘南草原，是一个复杂的关系。草原的自然、人文氛围与阿信的个性、诗歌天赋之间似乎有一种神秘的契合性，使得他一开始就沉浸其中，一生不能自拔。如果冥冥之中真有"神性"存在的话，也许阿信就是被诗神所选中的那个人，让他带着难以剥离的宿命感来到草原，饱经沧桑，写出草地深处那许多"神性"的秘密。

阿信通过一系列独特的草原意象构建了一种他个人的"草地诗学"——这并非是一种随意的指称，而是指在他写草原的诗篇中，涉及了关于草原经验书写的几乎全部诗学问题，宏观方面比如青藏高原整体的人文、精神气象（代表性的如《小草》《日暮，在源头》《草原》等诗篇），比如"神性"观念，比如草地上的时空观、草原上精神生活的个别与普遍状态、雪域高原背景下个体生命从经验到超验的审美体验方式等等。微观方面比如在高原风景、事物与诗歌意象之间，在事物的静态与动态之间，在体验、经验与想象之间，在空间、时间与情境、心境之间，在物质世界与精神现象之间，在神圣与世俗之间（体现所有这些方面的代表性诗篇如《正午的寺》《大金瓦寺的黄昏》、组诗《一座长有菩提树的小院》等），他都建立起了一种属于诗人自己的独特赋形、命名、会意关系，也形成了他独具个人风格的诗歌语法。正如我们在他的草地诗篇中读到的，草原上的一草一木、一人一马、河谷底部升起的一缕桑烟、山坡上低头吃草的一只羊、飞过天空的一只鹰，甚至滚下山坡的一只枇杷，都能从他心底唤起诗意，仿佛整座草原的奇迹都在向他敞开。仿佛草原上的一切，于他而言都是一座诗意的宝藏。

在这个意义上，可以说阿信与生活、写作在西部的前辈诗人昌耀、当代诗人沈苇等优秀诗人一样，建立起了一种当代草地诗学的个人维度。

【作者简介】安少龙，中国文艺评论家协会会员，文学评论散见于《诗刊》《民族文学》《文艺报》《草堂》《飞天》等，曾获《民族文学》杂志年度评论奖、甘肃文艺评论奖等。现任教于甘肃民族师范学院汉语系。

【客座】

NA YE

阿信是我《想兰州》里的诗句

◎娜 夜

读朋友的诗，挺残酷的，你希望看到陌生的东西，一股新鲜空气，像在寻找一个熟悉的陌生人。读一整本诗集，就更残酷了，你为此准备了一个安静的下午，可能半小时就合上了，甚至更快。

让读者不产生疲倦感，避免自我重复，一定是诗人自觉警惕的。我在想，这可能是阿信一直写得少，写得慢，又经常感觉自己一个字也写不出来，会搁笔十年的原因吧。在那座海拔三千米、青藏高原东部边缘的甘南合作小城生活了三十八年，始终保持着人与自然的思考的阿信，对自己的写作有着草原对得起牛羊，鹰翅对得起天空，词语对得起人生阅历的要求。

从20世纪80年代开始，我一直对阿信的诗，保持着忠实读者和朋友的双重阅读期待。我们也都从青年，写到了两鬓白。他的写作呈现出一个优秀诗人的缓慢、沉着、旷达、神秘、边缘，向语言的可能性和边界开放。他诗中那种似露珠落地、积雪融化的安静品质，让我们在这个众生喧哗的加速度的时代，突然慢了下来。

读到他的好诗，我会立刻拨通他的电话，把诗完整读一遍，更像把我自己刚完成且满意的诗读给他听。我们都是对具体文本滔滔不绝，对诗观无从下手的一类。只写诗歌一种文体的诗人，编选诗集时苛刻到心灰意冷的人。在编选《裸原》时他告诉我：三十年，能收进来的，也就这些了。如果再苛刻一点，连这些都没有。

我以为，写诗是一种美德，诗人的不自信，也是。

阿信是我《想兰州》里的诗句，是坐着绿皮火车结伴去青海看昌耀的青春记忆，也是经常被我批评头发理得太不像话的诗人，是酒逢知己千杯少的挚友。

【作者简介】娜夜，毕业于南京大学中文系。曾长期从事新闻媒体工作，现为专业作家。著有诗集《起风了》《个人简历》《神在我们喜欢的事物里》《火焰与皱纹》《我选择的词语》等。曾获鲁迅文学奖等。

【客座】

REN LIN

已经浸透了青稞和酥油，读阿信

◎人 邻

1

时间，真是不敢算，认识阿信，居然有四十年之久了。四十年，若从一个人的成年算起，几乎是人一生的时间。

阿信读完书，离开兰州，存身甘南后，一段时间或许有十年之久，几乎放弃诗歌。那种放弃，现在推想，阿信的内心是黯然的。我亦有着那样一段经历，于诗，近乎厌恶，其内里，其实是无助感。阿信一段时间的放弃，事务繁杂虽然是因由之一，而其身居草原，如何更深一层地感受并进入存身的异乡，如何心神相应，如何为诗的惶惑，也许是更为重要的因由。那种无力感，严肃的诗人，都会遇到。但距离兰州几百公里的甘南，毕竟不是遥远地。书信见面，茶酒之外，难免谈诗。而最终庆幸的是，虽然有几位诗友的督促，但最终是命运放不过他，或反过来，命运拗不过他内心的诗的存在，隐隐而漫长的潜伏着的芽孢，再次萌发，他终于回来。

我深信命运。一个人到某个年龄段，经由世事的深入，与时间的对峙，而后无奈和解，坦然面对，自会深信。由是，我也觉得一个人冥冥中的一切可能是由前世而来。若是诗人，他的诗则可能是来自前世。若世界有一种精神性的永存，和物质同在的，可能就是这样的吧。

这样的人，不说话的时候，“话”是在的。阿信那些年就是。但一个被命运选中的人，逃脱不了。这是诗的神秘之一，也是诗人甘愿深陷其间而不能自拔的因由。世间诱惑太多，不然，为何一个人会独独沉溺于诗？即便是很久，似乎放弃了，而最终还是要回来。

诗，其实也不过是一种说话的方式。河流在大地上的流动是说话，花草在春季的萌发是说话，天真孩子和少数承载生命之核的诗人的张口，都是说话，也都是四季的命运之诗。回环的时间到了，诗由是出现，也必然。

2

几十年来，阿信久居草原，耳濡目染，他的感受和言辞，已经浸透了青稞和酥油，有着他无法躲避亦不会躲避的裸原气息。一个人深居草原，饮食男女，无法拒绝那些难以言喻的气息贯通其身心。与之参照的，是昌耀。读昌耀的诗，会感受到几乎是数种词语和声音的交织糅杂，而后繁衍出另一种独有的语言感悟和显现。在昌耀的诗中，可以清晰地感受到汉语（古汉语和现代语）与藏语（尽管他可能并不通晓）混融的气息。如果说昌耀属于时间的稍稍靠前一段，那么阿信无疑已经成为昌耀时间的承继者。而这样的不断深入，久久沉浸，以至于会令一个诗人几乎成为一个神授者，成为那片裸原不得不接纳的代言者。

于此，阿信有这样的话："我有过一次被神秘的场域激发，身体于瞬间打开的体验。那一年，我在夏河的桑科草原游历，晚上住在夏季牧场一座山梁鞍部的旧式牛毛帐篷里。有一夜，我失眠了，闭着眼倾听周围各种各样的声音：炉膛里火苗毕毕剥剥的声音，朋友才让嘉布粗重的鼾声，他的爱人勒毛吉翻身的声音，他年幼的孩子又轻又细的呼吸声，帐篷外偶尔传来一两声狗叫的声音……在帐篷周边的山梁上，蜷卧着羊群和牦牛。我忽然听到一种声音，虽然细碎，但连绵不绝，弥布天地之间。我睁开眼，透过牛毛帐篷的空隙，看见天空正在飘雪，一道流星，斜划过天际，打亮了眼前的一切。那一刻的感觉真是奇妙极了，我身体的器官全部打开，接受着来自宇宙深处神秘的信息：我不只听见了落雪的声音，我相信我还听见了流星坠地的声音；流星溅起的碎瓣，正把一种奇异的安静植入薄薄雪被下一只只母羊的眼睛。"

审视一下阿信，尽管表象上看，他似乎是在使用着比起昌耀更多一些的汉语意味的词汇，但有意无意间，他独有的气息，无疑还是给读者带来了汉语再生的某种新鲜感，给予读者一些异样的诗的感受。

3

一个由广袤土地到裸原的异乡人，究竟是从什么时候，因什么样的巨大的自然力量，开始生根、扎下去，而最终成为一个安然若素的似有神灵庇佑的人？尽管，他也曾经黯然离开省城兰州，去了那片他最初以为无望，甚至是有些畏惧的寒冷而陌生的裸原。

他的《雪地》，这首诗哪一年写的，我不追问——每一首诗都是预先存在的，不过是在诗人内心珍存着，慢慢生长，等待出现的机缘。也或者可以说，阿信已经无可逃避地成为了一个迷恋异乡的异乡人。异乡永远不可能成为故乡，但一旦进入，就成为一个人宿命中的身心存在之地。

雪地上已有践踏的痕迹。是谁
比我更早地来到高地？比我更盲目
在一片茫茫中，把自己交给荒原
而没有准备返回的路

这首只有四行的诗，可以是阿信最初进

入甘南的感受，但也可以看作他的近作，因为这些言语里深含着阿信这个人和他的诗的命运。那“比我更早地来到高地”的，是谁?“比我更盲目”的，是谁? 其实，那都是阿信自己，是他在“一片茫茫中”，近乎慌乱无主地“把自己交给荒原”,而“没有准备返回的路”。

一个没有准备返回的人，他的根须已经扎下了。看看他的《裸原》——

一股强大的风刮过裸原。
大河驮载浮冰，滞缓流动。

骑着马，
和贡布、丹增兄弟，沿高高的河岸行进
我们的睫毛和髭须上结着冰花。

谁在前途? 谁在等我们，熬好了黑茶?
谁把我们拖进一张画布?

黑马涂炭，红马披霞，栗色夹杂着雪花。
我们的皮袍兜满风，腰带束紧。

人和马不出声,顶着风,在僵硬的裸原行进。

谁在前途等我们，熬好了黑茶?
谁带来亡者口信，把我们拖入命运，
与大河逆行?

读这样的诗，令人沉入那异常寒冷的风雪情境。语言交织回环，瞬间即是一个轮回。“拖入命运”的“亡者口信”，“与大河逆行”，一切向前亦是向后,而向后亦是前行。这首《裸原》,是一种诗意的顽强推进,是于命运的“人和马不出声”的逆行，而“熬好了黑茶”，才是一切行程的最后安慰。

也许是裸原上的一切，可以看得更为清晰,不容遮拦,阿信的诗歌没有掩饰,没有压抑,而是近乎于一种和盘托出。一切尽在这里，请看。他的诗，是歌吟，是一个人以生命赤裸的样貌，在裸原上的祈祷、沉思和眺望。

4

阿信的诗，近些年愈加变得沉实和富有生命力。这是一个诗人随着岁月，逐渐在向诗意的坚毅和丰饶亲近。

他有这样的新作 《在夜的高原上》——

河流醒来，在夜的高原上。
黑色河面在发光，
那种暗沉的光。

河流只有在星月下才能真正地醒来:
古老的星月，唤醒血脉。
蛮荒中的生命负荷重力，充满野性。
牦牛群无垢的瞳孔，瞬间涨起血潮。

这样的诗，我们决然不能想象可以是一个生活在黄土地上的诗人的作品，只能是高原上的诗意显现。所有的意象，“黑色河面”“星月”“唤醒”“无垢”“血潮”，我们似乎感受过。它们置身异域，却给我们带来了新的异样的感受，在试图唤醒我们古老血脉里对蛮荒的“生命负荷重力”。

而这之前，阿信是写过安静，乃至安详的诗的。我们来读读《艾花》——

与风一样飘忽
梦一样美丽
叹息一样短暂、轻盈的
马兰花相比，这散淡、不起眼、星星点点
布满岗子的白花，是大地上
更为执着、持久的爱情。
那天我漫步郊外，忽然觉得
这岗子上的秋天——我有点喜欢！

时间赐予我们岁月的分量，也赐予我们更为广阔的心灵天地，赐予我们热爱和无畏。更在这之前，也许写作的时间并不久远，阿信还有这样的诗句——

满地落叶随风飘起——
哦，秋天
你看我又一次两手空空，出现在这里

这是阿信在《秋天记事》里，几乎是随手写下的诗句。落叶，哪里是仅仅落下，也不仅仅是复而随风飘起。落叶是消失，亦是存在，是生命转瞬遁入空灵的恒久。何谓“有”？何谓“两手空空”？目睹这些的诗人，他静谧平和的内心，他的自我加持，他坦然甚至是有点幽默感的“你看”，即是自我成就了的坦然自足的一切。

这感恩于草原感恩于尘世的诗人，“出现在这里”，他的“又一次两手空空”，看似释然之外，其实他知道，他的凝神之际，万物不朽，万物皆在。

【作者简介】人邻，祖籍河南洛阳。出版诗集、散文集、评传十余种。现居兰州。

【客座】

TANG XIN

趁着晨雾未散，且说阿信

◎唐欣

阿信是我在西北师大上学时的学长，我是84级中文系，他高我两届，是82级历史系，在校时并不太认识，来往不多，我们当时还挺热闹的诗社，他也没有参加，真正熟悉起来，是毕业以后的事了，那时他已是甘肃诗界一颗冉冉上升的新星了。我在西安读研时，他带学生来访学考察，我跑去旅馆看他，他正半开玩笑地叮嘱那些纯朴的学生。

我还记得第一次去甘南州府合作的情景。早晨，天刚蒙蒙亮，我在兰州七里河，上了长途班车，一路翻山越岭，经过田野和牧场，成群的牛羊、三三两两的毛驴和狗，还有大片的林区。一条河流始终在车旁奔流，山上的岩石闪耀着金属之光，全车的旅客都已昏昏欲睡，我们也慢慢从黄土高原登上了青藏高原。下午时分，转过一座山，就能看见下面安静的，有些尘土飞扬的小城。刚一下车，我立刻感到充满凉意，有些粗糙的风，在夏天真是少见。我还想，这儿可真远，真有些荒芜啊（那会儿甘南还没有成为现在的旅游热点，单位出差，没人爱来，只能打发一些混不清楚的边缘人员前去，我倒也得以数次来到这里，不但畅游了过去从未到过的草原、喇嘛庙，与朋友欢聚，在充满马圈气息的电影院看武打片，其间牧民们摇晃着长条木椅，爆发出阵阵狂笑，我还在此留下了自己的诗作，后期阿信还在学校给我安排过诗歌讲座）。安顿完公事，就是去找朋友报到了——阿信，还有他的同学、诗人桑子。他们所在的合作民族师范学院（当时还是师专）位于小镇的近郊，要走好一阵子，似乎也要高一些。好像到了这里，就过了三千米海拔线了（对心脏和肺活量似有要求，我四十多岁后再到这里，开始出现气短和失眠的症状）。学校挺新的，条件也还不错，坐在他们的宿舍喝茶，看看周边的风景，我突然觉得这儿也挺好的（现在阿信在此都住了快四十年了）。我们写作的诗歌路数不同，但这一点都不重要，校友加诗友，彼此欣赏，那就是江湖兄弟的情谊了。文学青年消磨时间的方式估计都差不多，喝酒，吃肉，没完没了地聊天，讲笑话，四处闲逛，我们度过了难忘的快乐时光。某年暑假他来我所在的干部学校小住，正好兰州要搞什么中国艺术节，我有个师兄在筹备组，硬是要揽下开幕式解说词的活给我们，他大概想，诗人妙笔生花，这点文案还不是小菜一碟。这也是我和阿信唯一的一次合作，我们还挺重视的，但辛辛苦苦弄了半天交上去，等到盛会开幕，词儿当然有，但不是我们的。看起来，我们不是干这号事儿的人啊，倒也好，以后就再也不碰这种事情了。阿信脾气温和，为人厚道，总是带着微笑，和他相处非常舒服。诗歌反倒谈得并不多，顶多说说诗坛逸事什么的。各自的诗都在那儿放着，作品就是最好的诗论，所以也无须多言。我的第一本诗集出来，最早写评论鼓励的朋友就有阿信。那会儿声名不显，出头不易，还只能发在天水的一家小报纸上。反过来，我可能也是比较早研究阿信的人之一，而且，后来很多人讨论的阿信的若干诗歌品质或者特点，诸如孤独、安静、缓慢、谦逊和感恩等，好像正是本人先总结出来的。写诗的人很多，但能写出自己的地域或境界的诗人很少，阿信就是这少数人之一。他创造出的诗歌的甘南草原（后来他的领土有所扩大，涵盖了西部乃至全国，但都是他特有的笔触和色调），跟我见到和感受到的并不太一样，可能我只是个浮光掠影的匆匆过客，而他已经与这片高地水乳交融了吧。但在这里祖祖辈辈生活的人多了，别的人也并没有写出来呀，况且，即或是写了（我想起同样待在那儿的诗人桑子、扎西才让、敏彦文、李志勇等），也跟他的完全不同。这就是每个诗人自己特别的诗学了。阿信笔下这个自足的世界，清冷，寂寞，略带忧伤，也饱含温暖和柔情，气质很像我看过的某些俄罗斯小说，特别是屠格涅夫的《猎人笔记》。这是情境，也是意境，更是诗人的心境，他要在这里安顿自己，徜徉和休憩，出发并返回，这是他独有的、专属的诗歌家园，非常迷人，吸引着无数的读者，我也时常沉浸并沉醉其中，获得久违的宁静和感动。我忘不了他一首写藏羚羊的诗，“它们从藏身的岩穴出发，踩着草茎，碎石，/ 薄薄的月光，沿河谷走向库赛湖湖畔。/ 湖面的反光，路边一丝轻微的风吹草动 / 都会让它们感到心惊。”真是令人战栗，这不光是那些可怜的动物，也是大部分人类的写照吧！小心翼翼地活着，真不容易啊，我们怎能不彼此珍重？很自然地，阿信那里就成了甘南的诗歌中心，围绕在他身边的年轻人不少。记得有一次我到合作出差，去阿信他们学校玩，碰上一位从山里来的，看上去还很腼腆的小伙子，敲门进来，拿着一本《诗刊》，挺兴奋地跟他们说，他的作品又发表了。我看阿信和桑子的神情都不太自然，有点尴尬，支支吾吾的，拿过来一看，果然，明明标注着是洪烛的诗嘛！小伙子还拿着个大本子，把洪烛发布的作品都粘贴在上面，看来他是把洪烛当作自己的笔名了，就陶醉在自己的幻觉里。哎呀，这可真是有点凄凉。但恐怕阿信他们看他那么真诚，又那么高兴，谁也不忍心揭破他吧。还有一次，一个冒名的诗歌骗子跑到了甘南，主要是蹭吃蹭喝，顺带着也偷点东西之类。阿信给我讲他是怎么识破这个家伙的——晚上他们在看电视，正播中国的小提琴独奏《梁山伯与祝英台》，大家都全神贯注，这小子不知趣，兀自东张西望，说个不停，虽然这人对诗坛还有些了解，掌握着联络图上的很多信息，但对美如此无感，完全绝缘，他当即断定，此人必是骗子。有点道理，我心里暗想，阿信也够天真简单的。甘南的雪下得早，结束得晚，雪天很多。雪天是否更适宜写诗呢？我觉得肯定是的。还有，阿信常年生活在这里，对当地的生活态度耳濡目染。这都成了他诗里独特的底色。但命运的安排谁也不会想到，又过了几年，老实巴交的阿信居然成了学校的领导，上面自有慧眼，他的品行和能力经得起公论。见面发现，阿信作为一位平易近人、没有架子的大学副校长，确实也没有丝毫的违和感。2006 年我调到北京，学校对面，俗称校长大厦，是教育部培训高校领导的专门机构，阿信正好在此学习。好嘛，我又去体验他们的伙食，比方西安羊肉泡馍，做得还真是地道呢。又是长谈，看到我的近作，他回去后，还用电脑写出模仿的诗体来唱和调侃。有一年的五一节左右，他来北京，我们在三联书店附近的一个饭馆喝啤酒。还有一次，是在新疆乌鲁木齐的某个酒店，我们因为两场完全不搭界的诗歌活动相遇。当然，工作的变动，并没有影响他的写作。没准他比以前，更需要诗歌的支撑和平衡。诗人，真的是一个特别的种族，其感受方式和表达欲望，构成了很难摆脱的身份和情结，他的热情和乐趣就在这个地方。对诗歌的忠诚终生不渝。职务只是一时，诗歌和诗人才能长久。后来阿信的诗反而更多了。“有人说，马在这个时代是彻底没有用了 / 牧人也不愿再去牧养它们 / 而我在想：人不需要的，也许 / 神还需要 / 在天空，在高高的云端 / 我看见它们在那里，我可以把它们一匹匹牵出来”。确实如此，我看到他的诗越来越好，也越来越受到欢迎，各种大奖纷纷收入囊中，这是诗人成熟期自然收获的结果了。

虽然相距遥远，朋友圈交集也不多，但作为青年时代的朋友，心理没有距离，时常还是惦念。如他所说，“我始终对内心保有诗意的人充满敬意”，是的，我们方向不尽相同，但想象并体会这样的旅程，永远有着并肩向前的亲切感，“黑马涂炭，红马披霞，栗色夹杂着雪花。/ 我们的皮袍兜满风，腰带束紧。/ 人和马不出声，顶着风，在僵硬的裸原行进”。

【作者简介】唐欣，1962 年生于陕西。1984 年开始写诗。出版诗集《在雨中奔跑》《晚点的列车》《雨天和蛇》《母亲和雪》等。编著《有个地方你从未去过——中外名诗 101 首选读》《秋日与迷途——现代文学读本》。另有著作《从文化到文本》《当代西部文化研究》《纸上的敦煌》《幻象与真实》《说话的诗歌》《认领与重构》等。

主观客观

Cao Tang

民众时代的诗歌与戏剧

◎王东东

【作者简介】王东东，诗人，学者，译者。现为山东大学（威海）文化传播学院副研究员，硕士生导师。诗歌作品入选《中国新诗百年大典》《北大百年新诗》等。出版诗集《空椅子》《云》《世纪》等。有专著、译著、编著（主编）十余种。曾获北京大学未名诗歌奖、汉江·安康诗歌奖等。

一

在新儒家阐发的巫史传统里，诗与巫觋之事不免相连，仿佛只要诗在，就无法彻底“绝天地通”，诗也就成为沟通天地神人的事业，与海德格尔氏的四方体暗合。在这种宗教巫术里，不唯有吟唱，更有先民动作的辅助，以致于铺展成祈神、迎神和送神的情节，词语的宣泄倒成为其次了。整体来看，就有了戏剧的现形。在祭祀剧的演出中，人得以成其为人，自我主张，获得自由意志。民族或人种或有不同，但以此处理好天人关系则一，这样的先民智慧，也就是维柯眼中的诗性智慧。

中国现代诗人已经意识到诗与小说、戏剧的关系，它们的文体界限并非不可逾越，而有彼此激发、缠绕甚至联合的可能。在这种思考中，其实有着对何为诗性、诗性何为的重新定义，不仅纠缠于古今之争，也带有诗性人类学的学术旨趣。受人类学和宗教学推动，闻一多将《九歌》改编成了“古歌舞剧”，只差将文言歌词翻译成现代白话了，闻先生似乎笃定，后来诗人会继续他的工作。

闻先生后期“思想搞通了”，对文学更

是有高远、宏大的谋划，《四千年文学大势鸟瞰》指出世界文学将出现大融合，其共同趋向，是由以诗为代表的贵族时代走向以小说、戏剧为代表的民主时代。《文学的历史动向》中则说：

> 故事与雏形的歌舞剧，以前在中国本土不是没有，但从未发展成为文学的部门。……我们至少可说，是那充满故事兴味的佛典之翻译与宣讲，唤醒了本土的故事兴趣的萌芽，使它与那较进步的外来形式相结合，而产生了我们的小说与戏剧。……正如从故事发展出来的小说戏剧，其本质是平民的，诗的本质是贵族的。（闻一多：《文学的历史动向》，《当代评论》，第 3 卷第 1 期，1943 年 12 月）

断言“诗的本质是贵族的”，其态度和陈独秀对古典文学的批判并无二致。闻一多相信诗的前途在于向小说戏剧开放，采取小说戏剧的语言、态度和技巧：“在一个小说戏剧的时代，诗得尽量采取小说戏剧的态度，利用小说戏剧的技巧，才能获得广大的读众。这样做法并不是不可能的。在历史上多少人已经做过，只是不大彻底罢了。新诗所用的语言更是向小说戏剧跨近了一大步，这是新诗之所以为‘新’的第一个也是最主要的理由。”（闻一多：《文学的历史动向》，《当代评论》，第 3 卷第 1 期，1943 年 12 月）药方就是诗向小说、戏剧靠拢。反观闻一多的诗，其结果就是对戏剧独白（dramatic monologue）的运用。闻一多可能是现代中国最好的戏剧独白体的实践者。卞之琳抒情诗技艺的核心也是戏剧独白，但更抽象，更像是出自文人笔下的戏文，如其所说，“我总喜欢表达我国旧说的‘意境’或者西方所说‘戏剧性处境’，也可以说是倾向于小说化、典型化，非个人化，甚至偶尔用了戏拟（parody）。”（卞之琳：《〈雕虫纪历〉自序》，《卞之琳文集》（中卷），安徽教育出版社 2002 年版，第 446 页）

二

在闻一多之后，进一步深化诗与戏剧关系的是袁可嘉。他注意到，诗的戏剧化乃是一种世界现象，中国新诗也是如此。戏剧化或戏剧主义其实是其新诗现代化理论的精髓，也是他心目中现代主义诗艺的最高表现。袁可嘉的“新批评”也具有语言本体论的深度，由语言的深度幻觉通向个体存在的深度幻觉，从而流露出自由主义的社会思考和政治意识。其可贵之处在于，以戏剧主义的方式贯通关联起语言、心理和社会，承认人类生活包括政治生活本身就是一部戏剧，其中每一构成部分都要求得到表现和认真对待，正如一个个体一样，其“最大量心神状态”包含了“对立冲动的平衡”。新诗戏剧化因而具有全景主义的色彩，要求获得一种开放的总体性。袁可嘉其实受到了美国学者肯尼斯·伯克的影响，后者将社会生活甚至宪法实践也看成一种戏剧实验，提出了戏剧主义五要素论。不过，他最有名的关于诗歌的概念还是象征行动，将象征与行动关联起来，表明他并不满意法国象征主义者的做派。对于袁可嘉来说，戏剧主义在 20 世纪 40 年代可以说是应运而生，不同于象征主义诗歌追求精神纯洁的内在性，戏剧主义具有外向性格，从而保留了与时代对话的能力，也可以说更具历史精神。

袁可嘉考察了新诗戏剧化的几种可能，包括内向的诗人和外向的诗人可能会采取的方法，其中以诗剧创作为最难：

诗剧的突趋活跃完全基于技术上的理由。我们一再说过现代诗的主潮是追求一个现实，象征，玄学的综合传统，而诗剧正配合这个要求，一方面因为现代诗人的综合意识内涵强烈的社会意义，而诗剧形式给予作者在处理题材时空间、时间、广度、深度诸方面的自由与弹性都远比其他诗的体裁为多，以诗剧为媒介，现代诗人的社会意识才可得到充分表现，而争取现实倾向的效果，另一方面诗剧又利用历史做背景，使作者面对现实时有一不可或缺的透视或距离，使它有象征的功用，不至黏于现实世界，而产生的过度的现实写法（Overdone Realism）。……诗剧的创作既包含诗与剧的双重才能，自更较诗的创作为难。（袁可嘉：《新诗戏剧化》，《诗创造》第12期，1948年6月）

袁可嘉对中国诗人创作诗剧持保留态度，显然也是因为诗剧不容易成功。他熟悉英美诗剧的创作情况和反响，但很少在文论中述及。

三

穆旦在20世纪50年代发起过一场文学分类的争论，可惜很快尘封于历史而被人遗忘。针对当时流行的文艺学著作中文学体裁的“四分法”，穆旦主张传统的“抒情、叙事、戏剧”的“三分法”，后者可以溯源至亚里士多德的《诗学》，在苏联文艺论著中也被普遍采用。穆旦引用了亚里士多德的经典观点：

史诗、悲剧、喜剧、酒神赞歌以及大多数笛曲和七弦琴的弹奏，当作整体看时，都是模仿底形态。但是同时，它们以三种方式彼此区分：或由于它们所采用的媒介底种属不同，或由于它们的对象不同，或由于它们的模仿的方法不同。

按照模仿的方法也就是技艺的不同，文学可以分为三类：抒情、叙事与戏剧。穆旦用自己的话进行了解释：“一、抒情的方法，通过剖解由现实所引起的个人感受来反映现实；二、叙事的方法，通过叙述客观现实中的人物和事件来反映现实；三、戏剧的方法，即不用叙述人，让客观现实中的人物和事件自己呈现。”（穆旦：《评几本文艺学概论中的文学的分类》，《文学研究》第4期，1957年）穆旦特别提醒说，这三种方法就像化学元素一样可以彼此化合，从而在一部作品中可以呈现出更为复杂的形态，如歌德的《少年维特之烦恼》、普希金的《欧根·奥涅金》均属于“抒情—叙事”类作品。穆旦进一步将三种方法总结为“主观剖解”“客观叙述”和“戏剧表现”：“外在现实活动的结果——环境作用于内心的结果”“叙述外在的人物及事件”“人的活动的图画”。而若根据使用媒介、语言的差别，比如诗的语言与散文的语言进一步细分，则上述三种类型就要翻倍。穆旦将戏剧表现视为人的活动的图画，可谓别出心裁，其实这一“活动的图画”包含了内在心理和外在活动两个层面。

无独有偶，瑞士学者施塔格尔和穆旦观点一致。在《诗学的基本概念》一书中，他就将“叙事式”“抒情式”与“戏剧式”三者等量齐观，认为它们是三种风格因素、技艺类型而非文学体裁。在这个意义上，它们可以在同一个作品中共存，并因为“占比”不同而呈现出不同气质。施塔格尔与亚里士多德自然也不矛盾，《诗学》着重分析的体裁是史诗与悲剧，《诗学的基本概念》则囊括了后世的更多变体。不同的是，施塔格尔受到德国现象学尤其海德格尔哲学的启发，试图以风格技艺为途径建立起一种诗学人类学。在他心目中，歌德是将三种技艺结合或“杂合”的典范人物。话说回来，那种纯粹的单一类型作品在现实中是不存在的，而只存在于分析精神的运作中。《诗学的基本概念》“译者序”中援引了歌德的说法：

韵文只有三种真正的天然形式：清楚地叙述的、心情激动的和人物在行动的：长篇叙事诗、抒情诗和戏剧。这三种作诗方式可以共同也可以单独发挥作用。

施塔格尔应该受到了歌德的很大影响。一部诗作可以综合两种或三种作诗方式，而同时以其中一种为主导。

穆旦和施塔格尔的观点，从诗艺层面解决了新诗戏剧化的问题。相比而言，闻一多更多是从现代政治和社会精神的抽象层面来谈——主要受到政治上的民主精神的影响，袁可嘉则是从“新批评”抑或文本分析的操作层面来谈。穆旦的观点更具文学本体论和方法论意义，对于写作实践来说颇具意义。在三人中，穆旦的戏剧化写作是最为成熟的。他在20世纪50年代的发言，不仅是纯理论的省察，暗中也与自己在40年代的写作相互印证。穆旦的长诗基本上具有一种戏剧性的结构和外型，如《森林之魅——祭胡康河谷上的白骨》《神魔之争》《隐现》中就容纳了不同的发声主体，它们作为戏剧性人物和角色相互对话，最终完成预设中的——往往和基督教有关的——精神走向，实施一种理性的论辩和说服。70年代末的《神的变形》同样如此。

穆旦自然也写过相对单纯的抒情诗，但他最好的那些诗，几乎将抒情性、叙事性和戏剧性融为一体，既包含了“主观剖解”的抒情性，也包含了“客观叙述”的叙述性，从而获得“戏剧表现”的戏剧性。但戏剧性不是前二者的简单相加，而是一种辩证和综合；换言之，戏剧性的结构因素也适合抒情性和叙事性发挥作用，并使它们达到毁灭自身的强度，最终融化在戏剧性里。穆旦戏剧性的诗有力地表现了包括民族战争和民主政治在内的历史事件，堪称一部现代诗史。基督教神话及其话语最终成为穆旦表现中国历史的道具和外壳。

四

在20世纪80年代，海子尝试诗剧较多。他固然受到了“史诗”写作的启发，但诗剧是他对史诗写作的超越、扬弃和升华。奇怪的是，80年代的史诗写作并不强调叙述性，甚至也不看重史诗性，而是走向了神话和原型写作。海子则进一步从神话中提炼出幻象，以充满激情的想象冲破了民族神话体系的限制，而表现出一种世界性的文化视野。最终他的诗歌幻象已无法为单一民族文化所回收，而是人类精神命运的普遍表现。骆一禾对海子的评价颇有见地：

海子的长诗大部分以诗剧方式写成，这里就有着多种声音，多重化身的因素，体现了前述悲剧矛盾的存在。从悲剧知识上说，史诗指向睿智、指向启辟鸿蒙、指向大宇宙循环，而悲剧指向宿命、指向毁灭、指向天启宗教，故在悲剧和史诗间，海子以诗剧写史诗是他壮烈矛盾的必然产物。（骆一禾：《海子生涯》，《骆一禾诗全编》，张玞编，上海三联书店1997年版，第872页）

海子有意识地写作诗剧甚至悲剧，他的一系列盲人形象——人类命运的瞎子——显然受到了索福克勒斯的影响。海子对诗剧观念的接受，在理论上还有可能受到黑格尔《美学》的启发，这一点留待下面详细讨论。与海子有所不同，骆一禾更钟情于史诗。海子说：

就史诗的理想而言，我的诗歌理想是在中国成就一种伟大的集体的诗。我不想成为一个抒情诗人，或一位戏剧诗人，甚至不想成为一名史诗诗人，我只想融合中国的行动成就一种民族和人类结合，诗和真理合一的大诗。

这段宣言性质的话充分表明，海子熟悉抒情性、叙事性（史诗性）、戏剧性的三分法，但在他心目中，“真正的史诗”应该包含这三种创作方法，或者说，他以自己的方式对史诗进行了改造。简言之，史诗其实是对于民族开创时期全能英雄尤其政治军事英雄的记述，但这是初民的原始史诗，个体的现代史诗恐怕更多是对民族现在进行时的精神英雄和文化英雄的记述。这一精神英雄既然出于个体的筹划，就更抽象和虚构。原始史诗具有物质的印迹，而现代史诗更多是精神的抽象。精神英雄、文化英雄的行事甚至是暧昧不明的、不清楚的。因而，海子的诗剧在戏剧情节的紧张性上仍然是不够的；反之亦然。这恐怕也是骆一禾认为海子以诗剧写史诗的原因。如果没有史诗性作为基础，戏剧性可能就会落空，甚至无限靠近或回落至抒情性，正如骆一禾所说，“海子的长诗创作含有激情方式和宏大构思之间的冲突”。话说回来，海子的诗歌语言比骆一禾更具有直接性、亲密性和敏感性，这也是他比骆一禾更能深入人心、打动一般读者的原因。海子是一位创作的天才，而骆一禾似乎更多是批评的天才。骆一禾还有一段更详细的评论，其观点同样建立在史诗与诗剧的分别之上：

另一部处于七书巅峰状态的是1988年的三幕三十场话剧《弑》，那是一个血红而黑暗的恐怖空间，今天在他死后读到时有如进入了血海而看人世……人物全部有如幻觉，与命运而不只是相互格斗，最后无一例外地死去或迷狂，道白中充满了鼓、法号和震荡器的雷鸣，他本人思维和想象的速度已扩展为和死亡、闪电同等的速度，一如1987年的《太阳》自成烈火。——在西川和我读毕所有遗作后，认为《太阳》七部书里最完整、最有涵括力的一部，便是这里我为之作序的《土地》(《太阳·土地篇》)，这是他七部书的顶峰——顶峰是独立完整的、有对称性及和谐构造的。(骆一禾：《"我考虑真正的史诗"——海子〈土地〉代序》，《骆一禾诗全编》，张玞编，上海三联书店1997年版，第864页)

《土地篇》的确是完成度较高的作品。但对于《太阳》七部书的起意和命意，《断头篇》可能意义更大，暴露了海子的整体构思，虽然完成度是最低的，有不少部分有题无诗，而《太阳·诗剧》尤其《太阳·弥赛亚》(《太阳》中天堂大合唱)可以说是诗意最为强烈和紧张的部分，也可以说是七部书戏剧性最强的部分。骆一禾对《弑》的评价同样适用于《断头篇》《诗剧》和《弥赛亚》，适用于全部《太阳》七部书，也就是说，它们是表现"中国的宿命"的幻想剧和象征主义的戏剧。海子这样定位《弑》："非情节剧，程式和祭祀歌舞剧，为几只支童谣而写，为一个皇帝和一场革命而写，为两个浪子而写。"骆一禾则视之为"一部仪式剧或命运悲剧文体的成品"。海子在《考虑真正的史诗》(《太阳·断头篇》选段)中写道：

于是我访问火的住宅，考虑真正的史诗
于是我作兵伐黄帝，考虑真正的史诗
于是我以他为史官，以你为魂魄，考虑真正的史诗
……
于是我先写抒情小诗再写叙事长诗，通过它们认识许多少女，接着认识她们的母亲、姑母和姨母，一直到最初的那位原始母亲，和她的男人
……
我是圣贤、祭酒、药巫、歌王、乐师和占卜之师。我是一切的诗
于是我考虑真正的史诗
于是我确定理性的寂静数字

"真正的史诗"超越了"抒情小诗"甚至"叙事长诗"，穿越了自然、神话和历史，但最终应该符合"理性"。这就是海子的设想。然而，由于史诗性或叙事性不足，海子的戏剧性仍然无限接近于抒情性，而成为一种幻象的戏剧。海子也说过抒情性是被动的、消极的，他希望一种肯定的、积极的行动，可以在史诗和剧诗中实现。也就是说，由于核心情节、现实情节和历史情节在海子诗剧中付之阙如，海子的诗剧混淆了情节的虚幻性与真实性，只能成为象征诗剧甚至梦幻诗剧。

五

诗的戏剧化至少有三种途径。其一是诗人戴着面具讲话，这里主要呈现的是一个戏剧性人物（Persona），如果近似于诗人本人，那么可能就是相对纯粹的抒情诗（在这个意义上纯粹的抒情诗人也可以具有戏剧性），如果与诗人本人判然有别，有可能就是戏剧独白体的诗，目前这一类诗最为流行，从罗伯特·勃朗宁、闻一多到张枣都是如此，张枣的《德国士兵雪曼斯基的死刑》就是戏剧独白诗。其二是诗的戏剧化结构，这种结构容易与新批评派所谓的张力混淆，但又并不相同，更不可降低为一首诗内部的情绪变化，而是指向了多重声音、多声部抒情诗的存在；甚至复调叙述从整体上也可以构成抒情的赋格或对位法，体现出一种戏剧性，《在夜莺婉转的英格兰一个德国间谍的爱与死》中就有这种努力，可惜并不成功。张枣戏剧性最强的诗应该还是《跟茨维塔耶娃的对话》和《卡夫卡致菲利斯》。潜在的戏剧性人物在两个以上，可能才会出现戏剧性结构。

除了人物和结构因素，诗的戏剧化的第三种途径就是情节。如果有可以辨认的戏剧性情节，一首诗可能会发生质变而真正进入戏剧的文体领域。这就是诗剧（poetic drama）或剧诗（dramatic poetry）的写作。

六

黑格尔认为，戏剧诗体现了诗的最高成就，是“史诗的客观原则和抒情诗的主体性原则这二者的统一”（[德]黑格尔:《美学》（第三卷下册），朱光潜译，商务印书馆 1981 年版，第 241 页）。抒情诗的语言因素和语调对于戏剧诗来说特别重要，黑格尔的论述非常有趣：

戏剧体诗既然是史诗与抒情诗的综合，戏剧的语言也就要同时运用这两种诗的语言因素，特别在近代戏剧里宜于用抒情诗的语言因素，尤其是因为主体性格沉浸于返躬内省，在作出决定和发出动作中对自己的内心生活始终是自觉的。不过内心生活的吐露如果是戏剧性的，就不只是捉摸飘忽不定的情感，回忆和感想，而是始终要保持内心生活与动作的联系。

与这种主体情致相对立的还有作为史诗因素的客观存在的情致，特别是针对听众的那种展现各种关系，目的和人物性格中的实体性因素。但是这一方面大半也可以采取抒情诗的语调，只要不脱离动作而独立出现，它还是戏剧性的。（[德]黑格尔：《美学》（第三卷下册），第 256—257 页）

可见戏剧情节和动作的发生，并不全然依赖于叙述性或史诗性。黑格尔也承认最强烈的戏剧性仍然通过主体的心灵和话语得以揭示。而“合乎道德的伟大的理想”和“完全自由自决的主体性格”（[德]黑格尔:《美学》（第三卷下册），第 283 页），都蕴含在戏剧情节和动作之中。他以哲学家的独断对东方做出指认，“戏剧所需要的个人动作的辩护理由和反躬内省的主体性在东方都不存在”，因为在东方，恰恰缺乏“自由的主体性”或“自由的个人的动作的实现”([德]黑格尔:《美学》(第三卷下册),第298—299页)。这自然体现了黑格尔对东方的偏见。但黑格尔建立的这一戏剧性诗歌的辩证逻辑还是成立的。其实,现代诗剧也应该把自由的主体性作为核心。海子很重视黑格尔的思想,他的诗学表达带有很强的黑格尔式话语的痕迹,如:

诗,说到底,就是寻找对实体的接触。这种对实体的意识和感觉,是史诗的最基本特质。……诗应是一种主体和实体间面对面的解体和重新诞生。诗应是实体强烈的呼唤和一种微微的颤抖。……其实,实体就是主体,是谓语诞生前的主体状态,是主体的沉默的核心。我们应该沉默地接近这个核心。实体永远只是被表达,不能被创造。它是真正的诗的基石。才能是次要的,诗人的任务仅仅是用自己的敏感力和生命之光把这黑乎乎的实体照亮,使它裸露于此。这是一个辉煌的瞬间。诗提醒你,这是实体——你在实体中生活——你应回到自身。(海子:《寻找对实体的接触(〈河流〉原序)——直接面对实体》,《海子诗全编》,三联书店1977年版,第869—870页)

这是海子前期在写作长诗《河流》时,对于史诗性的觉醒。在后期写作诗剧时,他不幸遗忘了这一点。其实,史诗性或叙事性可以让诗人最大程度地保持耐心,让诗人的抒情天才有所依凭,而不是以一种骆一禾暗示的加速度或精神的光速折旋告罄。

七

在“九十年代诗人”那里,诗歌的叙事性获得了空前强调,甚至凌驾于抒情性之上,从而进一步疏离了诗歌的技艺本体——这一本体应该是圆融的、混合的,不应该被简化为任一种单纯技法。诗歌的戏剧性也被遗忘殆尽,从而丧失了诗剧成熟的机会。这些都是很大的遗憾。毕竟,20世纪90年代中国社会并不乏史诗性和戏剧性,但在诗歌中没有被充分表现。这和“九十年代诗人”的诗学盲动不无关系,80年代的史诗性和戏剧性追求被诋毁、误解和严重低估。史诗性被替换为了叙事性或叙述性,缩小到日常生活的狭窄范围及其叙述姿态,不仅对外部世界冷漠以对,甚至陷入到了琐碎无聊境地,真可谓作茧自缚。在90年代,可以看到80年代种种理念的实现、否定及其失落,对于理念的验证恰是戏剧性用武之地,施塔格尔说:“一部长篇叙事诗证明生存的统一,进而证明民族的统一。一部戏剧能够证明,历史上某个世界是不可能的。”([瑞士]埃米尔·施塔格尔:《诗学的基本概念》,胡其鼎译,中国社会科学出版社1992年版,第68页)。九十年代诗人的自我意识,最初建立在对80年代的敌对之上,正是这种敌对的自我意识限制了其成就——虽然他们会自视为这是他们的自我从八十年代跑步进入了90年代。80年代诗人何尝没有叙述性的一面?尤其,“第三代”诗人就有不少热衷于生活叙事,而且一直坚持到现在。在这个意义上,90年代强调叙事性只不过发展和延续了80年代的一个侧面。

90 年代的诗歌叙述，更多了杂糅、折衷的后现代主义色彩，这种廉价的、缺少思想含量的叙述，在 90 年代的小说中表现得更为明显。真正的问题在于，如何摆脱对单一技法的崇拜或迷信，而回归诗性那含混而丰富的本体。诗性人类学的追问，可以表明叙事、抒情和戏剧缺一不可。史诗性蜕变为叙事性，是一种现代常态；由于缺乏叙事性的基础，80 年代的史诗性常常显得虚幻；90 年代的叙事性本来可以走向史诗性，但由于 90 年代诗人的自我矮化和自我立法的武断——这一切源于文学史意图和写作意图的背离——这一任务几乎只能留待新世纪。在 90 年代，恐怕只有昌耀获得了史诗性。

90 年代诗歌的成败，皆源于误解了抒情和叙事的关系。叙事并不是抒情的反面。长期以来，中国古典抒情的对立面似乎是西方的"摹仿"，20 世纪在西方工作的陈世骧、高友工等提出抒情传统以与其对抗。按照卢卡奇的观点，小说是市民时代的史诗，在这样的时代，一向清高、高蹈的抒情诗也需要妥协。90 年代以来的当代诗人虽然也采用叙事，但几乎不会有诗人宣称自己是叙事诗人而非抒情诗人。这就表明，叙事 / 叙述其实也是诗歌中一种基本的构成因素，与抒情和戏剧平等，都是构造诗意、诗性的美学 / 人类学的风格与技艺因素。就技艺的难度而言，可以认为叙述是诗性语言最为初级的因素，抒情较叙事为高，而戏剧性则综合了叙事与抒情，难度为最高。这更多是逻辑的顺序而非历史的顺序，虽然也有历史事实作为底子，如黑格尔在《美学》中的排序显然参照了西方的历史。对于中国来讲，则抒情诗成熟较早，而宋元之后的戏曲或剧诗则出现较晚，后者成熟的形式也值得现代戏剧诗人借鉴。

现代诗剧中的戏剧张力和冲突来自于现代理性本身，后者为戏剧观众和诗人所共享，"一个共同体，唯有在戏剧式的精神中，在明确地被理解的世界中，才会有保障，才会被固定下来，在这个世界里，人人都知道事关什么，信仰的话语和具有普遍约束力的规则都是明确的。"（《诗学的基本概念》，第 180 页）戏剧诗与诗剧涉及到理性的实现及其否定，犹如现代世界中启蒙的辩证法及其否定。施塔格尔认为戏剧表现出一种成人才会具有的逻辑力量，他其实将黑格尔的理念悄悄替换为了逻辑。在施塔格尔的意义上，戏剧诗也是诗歌真正的成年和诗人的成年。戏剧诗具有与社会生活的同一性，意味着将共同体的主观层面与客观层面加以统合，诗人也在这种戏剧中表现自己，但更多是反观自身，最终目的是获得命运共同体的自我理解，其中甚至还必然带有一丝反讽的色彩。诗剧既有史诗性的宽度，同时又有抒情性的深度。较之剧诗，诗剧更有上演的可能，但不妨合而论之。在时代或历史的戏剧中，最为惊心动魄的是共同体的命运或曰天命，但这种天命必须通过不同人物角色的努力才能被理解。在历史和文体的双重意义上，诗的小说化是诗的有意下降，是适当向民众时代妥协，而诗的戏剧化则是诗的再一次上升，是诗歌的自我教育。从诗歌的小说化再到诗歌的戏剧化，意味着民众和共同体的教化。

大雅堂

Cao Tang

无名之夜（组诗）

艾蔻

[风 车]

坐高铁时会想起
飞鸟掠过头顶也会
在石家庄裕西公园散步
或者在兴隆热带植物园跑步
都会想起，风车
想起巨大的风车慢慢旋转
用熟悉的、令人感到安全的方式
想起带动风车旋转的力
以及风车旋转所产生的力
何等强大又何等坚定
想起它周而复始地旋转，旋转
以至于
不肯想象它停下来的样子
以至于失眠的夜里
往事涌上心头
有时是风车，有时什么都不是

[画 诗]

流云将月亮泡化了
地上有棵橄榄树
创造它们需要颜料四种
群青、中绿、橘铬黄
以及篝火余烬熏制的夜来香

步甲属虎豹之眼
需酌量添加岩盐与重金属
从一只触角的颤动开始
画笔逐渐隐匿
无须纠结什么是什么
什么像什么
理解并享受这场似是而非
画布上永远有个缺席者
正如完美的诗句从不肯现身

[珍 珠]

开蚌很容易
削苹果的刀就可以
蚌柱断裂手心是有感觉的
世界露出了破绽
蚌就要死去

我想要一颗珍珠
正圆，无瑕疵
我忍着腥臭
仔细翻查它冰冷的身体

我最终得到的
是一堆牙齿
零碎散乱，布满时间凹槽——
哪有什么珍珠
蚌壳撬开那一刻
所有光华都随之消逝

[有的事情比想象中慢]

刚想好的句子转眼忘记
上午擦的玻璃下午又脏了
昨天新搭的鸟窝
今天散架了
去年才说好的相爱啊

有时我猜测，快速消失
也具备某种美德

就像昙花
于是我趴在阳台上
低着头，聆听秒针嘶吼
我以为绽放
真的只有一瞬间
实际上，我等了很久

都 兰（三首）

陈劲松

[香日德寺里的小花]

风来了摇曳
分发芳香
雨来了垂首
听经堂里传出的诵经声

而在两场小雨中间的正午时分
阳光炽盛
寺院寂静无声
那丛我不知道名字的蓝色小花
传出了一阵若有若无的香气
那是它们
集体出了会儿神

[青铜之镜：茶卡盐湖]

这沉重的倒影：群山，乌云，咸涩的盐粒
这轻盈的倒影：白云，风，以及一对
拍婚纱照的新人的笑容

时光磨砺，这被细细打磨过的青铜之镜
怀抱过时间之尘和历史的烟云
怀抱过远去的驼队和马匹

不是风，而是那对恋人的笑声
让水生出了涟漪
白云拂动
是神的衣衫
让一爿大湖，一面青铜之镜
生出了摇曳之心

[都 兰]

盛夏的清晨
凉意阔大
风信马由缰，在小城走走停停
月光的霜粒
消融在空巷

黛青色的众山
抖动草原之鬃
青马驮盐
黎明前上路
小城还有一个温暖的梦
没有做完

塔吊上的月亮（组诗）

黄海兮

[写字楼]

街道被洒水车洒过的水

没有流到下水道
它结成了冰

当我走过斑马线时
太阳照在光滑的柏油路面
行走的倒影突然消失在
他人的倒影里
我依旧没走出来
我回头仰看
那束阳光反射到我的眼睛
在对面的玻璃幕墙上
写字楼
人去楼空

[忽然被动了一下]

街边的手摇式爆米花机
砰砰两声，响了
久了的记忆
忽然被动了一下

我低头下去的注目
在苍茫如幕的黄昏
忽然被动了一下

想起已经消失的器物
忽然被动了一下

少许人的围观
忽然被动了一下

风雨无阻的生活
忽然被动了一下

这被默许的沉默
在久久等待之后
手艺人转换成艺人
又挪了一条街道
仿佛这条街道被动了一下

[摄像探头]

夜晚的灯在小区的林荫道
照着树影
钢铁栅栏上的摄像探头
照着一些人的脸
它能看到这一张张脸上
也有我的表情
匆忙前行
平静守望
麻木看人
悲凉心生
这些表情背后的我们
低头
张望
踟躅
凝视
我听说摄像探头
看到的人模人样
骨头弯曲的地方
摄像头也会模糊不清

[余 欢]

回到我建的那栋房子
没有一棵树是笔直的
炊烟也不能
河流也不能
这使得这里的人
弯曲劳作
无须赞美

[塔吊上的月亮]

抬头看到月亮
从你吊塔上升起
它今夜出发
从我家升起
照耀黑漆漆的房子
真白，白月亮
刺痛我的心
它升起我的异乡

我的房子
没有光
这栋烂尾楼
没有床
思念的家
忘掉的异乡
房子，装饰了月光
月亮，高高在上

我走在熙熙攘攘的街上
什么时候
它也装饰我的窗

流水有顺从之美（组诗）

田湘

[养云居]

你的内心有一朵云
此刻，那朵云在天上
你在看云
时间被一朵云带走
天空蓝得什么也不剩

只剩一朵云

云不急不慢，爱也是
爱消失，云便飘到你心头
云那么薄，那么轻
可你却不能承受——
云用丝质语言说出你的忧伤

[入秋诗]

秋天说出过往的事
就有了落叶纷纷——
活在回忆里的人是失败者

秋天必有我所爱的人
她化为雨滴、落叶、风
她传递的凉意牵出我内心的悲凉

干净的落叶，带来一些失败的联想
落叶的纹路里藏着不为人知的秘密
你的心事写在落叶上

落叶飘零
如一封含泪刚写好的信
在寻找投递的地址

[流水有顺从之美]

流水造出的句子如此动听
它一直沿着河道在流
像冥冥中接到谁的指令

如果遇到另一条河
就汇入到一起
它顺从这世间的规矩——

沱江与长江相遇了
这偶然碰撞成就一段浪漫爱情

流水有顺从之美
——我也顺从
可我永远也学不会流水

[古镇上的人]

语言如何描述一座古镇
在黄姚，我的尝试屡屡失败
我的身体那么轻
那么不协调，仿佛穿上
一件极不得体的衣服

我的挫败感至今无人知晓
就像一滴污水被小珠江带走
也无人知晓。古镇上的人
除了住古屋、走古路
早已不说古汉语
只有古镇里的月亮还是旧时月

正是这枚月亮，把古镇上的人
直接带入唐朝和宋朝

青城湾的水塘（外一首）

狄力木拉提·泰来提

入秋的荷叶
在季节的床榻上打盹儿
莲花哭干了泪
在水的绿色倒影里发呆
只为秋蝉的轻吟

被青苔裹挟的青砖
棱角开始发芽
竹叶在林间书写春秋
一撇一捺
都被写进竹筒
如果说是在另一个维度
我可以看见
在一条清幽的长廊一侧
浩然轻吟竹露滴清响
太白杯中独钓寒江月
只是难识背影，丝带飘飘
杜甫春景人常在
落幕青山花依然
通向今朝的路
必经唐宋这道岁月之门
一阵秋风
轻轻荡过水面
商隐吟春
一寸相思一寸灰
只是那对怀旧的黄鹂
在水的秋影里
追逐彼此的存在

这一湾青城之水
或曾几度改写春秋

与我相同的泱泱过客
有多少
同样留下诗情画语
用温情的目光
抚摸细如青丝的波光

[长江号子]

纤夫的脚步逆流而上
竹缆在肩头呻吟
江面泛起岁月的波纹
川江号子声声如浪
江边的礁石曲折向前

白帝城香烟缭绕
当年的彩云
依旧漂浮在山巅
瞿塘峡的绝壁上青烟如纱
所有的泪都沉入江底
古老的川江号子浮出水面

清末的长辫
锁住了前行的脚步
历史的呼唤是那么凄惨
百余年后
这烟波浩渺的江面
早已淹没了沉朽的世界
两岸漫山遍野的脐橙
丰盈的体态
汁液几乎朝外流淌
甜蜜得快说不出话来
只露出脐部的微笑
诗词里的白帝城
已然是位长寿的老翁

鞍马如影的世界历历在目
无言的江水缓缓流淌
时间的一叶轻舟依旧驶向江陵
空灵的号子
留在岁月的上游
李白的长袖在风中飘动
猿声从石刻里传来
走不出的群山
留不住的光阴
我们从奉节走过
驶离的心
比抬升的江面还要深沉

四月将尽（三首）

窗户

[大风车]

沿海的山顶，站着一排大风车
在风中慢慢转动着
时光，仿佛从那里荡漾开来
进入我们的日常
我经常，站在窗前，看着它们发呆
想着你独自在家，有时
一定和我一样
触到了空无与寂寞
那也是我们，生活的一种方式

[四月将尽]

四月将尽。时间总在
一边催促，一边使我们沉沦

感叹与遗忘，同存于
一个落日黄昏
回首与遥望，在长夜里并行
茶花凋谢。月季盛开
一场雨，轻易覆盖另一场
一个新闻，快速替代另一个
早晨挨着早晨，黄昏抱着黄昏
纷至而来，随即消失
所有的经历，在我们身上
如流水……穿过大地的
反光与虚幻

[赞美诗]

在广场散步。回到宽大的房间办公
吃一碗米饭
夜晚在宿舍，于微亮的灯下读异己者书
我从一个个早晨醒来

一些声音，一些光在时刻警醒着我
我的身体里装着一个大海。在轻轻摇荡

陌生的风，从各个方向吹拂我
草叶在耳边沙沙作响
闭着眼睛，我就望到了悬崖
和幽谷，群山巍巍，一阵阵林涛轰响

沿着弧形的海岸线奔跑
对整个纷乱的世界说不

就像高原和平原大地用尽它们的
无边和波折，投下落日的身影
就像我对你的爱
一种辽阔。就像命运。

春日图（组诗）

文佳君

[梨花让我与春天共白头]

独自来到梨树下
风爱我
把芬芳送给我

梨花弱小
我也弱小
抬头的我分不清谁是梨花谁是白云

梨花虽小，却把春天装扮得浩荡
一花一天地
落在发梢的梨花足够让我与时间共白头

[线]

针是大地的狙击手
它穿插定位在我狂草的技法里
我披衣吟月，举杯敬荒草时
线形重重叠叠，万化的水晶
那时，光彩气势磅礴

杂草的影子投射如线
此时我在后院的草坪晒着太阳
大美的大气，小美的心情
虽然已是秋天了，爬山虎正在枯黄
这些草木，线形的生命
有直有折有曲，还有弧线
无穷尽地组合，变化万千之境

阳光正好，温暖的样式万种
我又记起母亲穿针引线的手了

弯道（外一首）

强雯

爱是涟漪
爱是风起于青苹之末
爱是自我的镜子
爱是恒久与脆弱的弯道

[漏气的爱情]

从一见面开始
他就在漏气
一会儿漏得多，一会儿漏得少
让人没法堵住那个漏眼
嗞嗞嗞嗞
我的每一句话
好像都在他身上扎出了一个漏孔

2015 年的中央空调
关上太热
打开太响
迟迟没有拨云见日的下午
猝不及防下起了毛毛细雨
嗞嗞嗞嗞
雨也漏气
细细密密
从远及近，漏得无边无际

四个小时的谈话
像扎了四万个气眼
空气又重又涩
快要酿出泪滴
我闭上眼睛，听着气漏的声响
拽着笨重的时间

[春日图]

我一直想找出春天的样子
花朵是时序的方案
芽尖是执行自己的命
足以打动诗人的春天
我在家里的自留地发现了
母亲在左边田埂上种苞谷
岳母在右边的田里为海棠除草
母亲八十多岁了
种了一辈子田地的母亲在春天种下粮食
岳母也七十好几了
当过知青的岳母喜欢在春天种下花草
这就是春天的图案
我在左边田埂上扶扶苞谷苗
又去右边的地里拔拔杂草
头顶的燕叫了两声

[油菜花儿开了]

油菜花儿蛰伏了整整一个冬天
直把根往土地深处扎

油菜花儿醒来时
大地一片一片黄金一样
像极了大地与我之间的信使
它用灿烂和芬芳
和我在春天对上了接头暗号

我知道油菜花儿只有完美地芬芳
才配得上它所经历的冬天

他只是起身端茶走向窗边
真心实意地立在一隅
像悬挂在酒店卫生间的
旧毛巾

我的耳道，空空。亦如
一场大水
窒息了一条熙攘隧道的所有动静。

空耳

孙启放

采耳，小小器械琳琅满目。
耳道空空
如墓道之门打开——

那么多惊奇:
大石之下蜷曲的野草
蝙蝠黑暗中掀动的膜翼
林间叶尖上的水滴;
餐馆操作间里的协奏曲
一个人转身时
不由自主的低语或啜泣。

又是谁?
呼喊一波比一波焦灼!

我确实不能分辨
这些重见天日的声音
哪些是活着的
哪些，又是早已死去的?
它们密封已久
又突如奔云般涌出。

比黄金还贵重的衰老

张利良

有些时候，你好像跟谁都无关
默默地变老。在人群之外

春天还在花圃里逗留
垂丝海棠已经凋谢
沙果树刚开始开花
那单薄稀疏的白花
好像有些忧伤和孤单

你种下一棵橘子树
发现自己的手背上
都是松弛的皱纹
那些比黄金还贵重的衰老
这样快速到来

春天即将过去
你可以放下工具
不再栽种任何花木
让空出的双手
欢送自己的青春

有了秋意（三首）

莲叶

[有了秋意]

月光普遍地照着
爬得很高的南瓜藤
上头带着些露珠
若是能画下来就好了
妈妈，苦竹被风吹得萧萧的夜
或是夜里醒过来
听到若有若无的虫子的叫声
实在是令人觉得有了秋意

[小飞蓬]

小飞蓬的绒毛
比我耳垂上绒毛更柔软，更年轻
时间，犹如背后爽朗而充满青春活力的呼喊
跨过茂密的树林
四月尚未走远，而声音
仿佛飞鸟
不见自身的踪迹

[黄昏迟]

太阳正在下沉。归鸟的应和声
缓缓地朝林子那边移动
此刻，透过水杉高高的树梢，可以看见淡淡的新月
与它捉了一会儿迷藏

前方拐弯处，那牵着小儿的妇人弯下腰，抱起他
轻声慢语。光线渐渐暗了下来
一簇盛开的花看起来沉重欲坠。而鸟声轻越
仿佛撒下的颗粒。
不，它是一种爱，将红霞轻轻推到砌高的围栏上
而迎面而来的细小的杉树枝

似乎越来越慢地接近天空

春天

李昌林

候鸟早早
在冬雪里埋下一个愿望
在枯枝上留下一些排比句
在山冈上狂草大书

嫩嫩的风在放牧草色
石头冷静地坚守在河床
听说花要开了
蒲公英撑着小雨伞
她思念的人没有来
春天偷偷在黄昏撒了个谎

山鹰把一串咳血的鸣叫
丢给冬眠的小溪
小溪里的浪花
成了春天撒谎时
埋下的伏笔

草绿着绿着
就穿越了春天
我走着走着
就走成了落日

深处的花园（外一首）

俞强

三月的花园不通向任何地方
也没有人知道
阳光下，那一丛竹的绿意与风声
在院墙之外
簇拥着两棵银杏树
有时候，我想
它们不该如此对称，潦草些
更好
墙内的一棵巨大的接骨树
在井台的角落里
像一顶绿色的大伞顶着另一顶小伞
造型一模一样
小径另一侧的鸡爪槭与紫薇
枝叶仍然光秃秃，现在
还不是它们的季节
下面排列的瓶瓶罐罐，与墙角里的
凤尾竹与代代橘
一样葱茏。台阶边那些去年的兰草
因为没有修剪而显得荒凉
有时候，会有一只鸟光临到窗边
声音悦耳，似乎在说自己：“一只幸福鸟！”
而且不断重复：“一只幸福鸟！”
我知道这不是黄鹂或百灵的声音
当我因好奇而打量
看到的总是一片摇曳的竹影

近年来，我反复描绘或吟咏其中的一切
不厌其烦
除了通向我的窗户
它几乎与世隔绝

[在父亲的墓前]

凌晨，雨早已止了
心情仍然湿漉漉的
你离开后的第四年
时间稀释了当时的疼感。这是
我为你选址的墓地，在半山腰
坐北朝南，氤氲的绿树
在清晨的鸟啭声中
空气不再寒冷
山上的花先后都开了
你长眠在这里
许多话来不及细说。那就
让它留着漫漶
静静地把蜡烛点燃，在摇曳的光中
界限消失，一切虚无都成为存在
尚飨，这是水果，这是你儿媳包的艾青饺
　与糕点
哥哥，远在南洋的新加坡
我也替他代为祭拜
在众山的怀抱之中
香烟渐渐远去
我的眼前却出现了另一种情景：
几年前，你在家时一个春天的周末
你和母亲在院子里坐着聊天
一边嗑着瓜子，一边守着
儿子儿媳：睡在躺椅上晒太阳
身上盖着你取来的棉被
迷迷糊糊中的
阳光和声音，还有那一瞬
飘来的花香
渺似梦影

倾听（外一首）

兰浅

早上，鸟叫越来越密
让你听不出来树上有多少只鸟
让你想象，是哪只鸟脱颖而出
担任领唱
这场多声部的合唱
我也试图张开嘴
哼唱一段晨光之歌
但嘴里有苦涩之味
每次倾听，都有阴晴不定的情绪
每次出门，都像经历一次冒险

[秋天的游戏]

八月入秋
割草机收获野草
清洁工收获秋风

闹钟，把刚入睡的人拽起床
你穿好衣服
床上躺着残留的梦境

大暑正盛
金黄的信使已在路上
挨家挨户地敲门

小镇（外一首）

张端端

雀鸟在黄昏扑闪，小的声部
蝉的长鸣，晚风一阵阵带过我
细软的碎发，假意间
像儿时暑期的某个夏夜，课业撂一旁
醉心棋牌室，灯带旧得发黑
坐门口，听屋内的人叹气、大笑
发怒。吊顶的风扇一圈圈打转
灰团子、蜘蛛网跟着兜圈，我看得入迷
松散的步子在一双双人字拖底下噔噔作响
附近传来喝酒的划拳声，像呵斥
以酩酊的醉状。动情处有人诉诸歌喉
时起时落，如彼身境遇
谜而不觉的片影，它存在于任何一个小镇
人人努力生活。从黄昏转身
月光照拂沿路重叠的倒影

[夏 夜]

公交车拎着返程路在漆黑的村道
柏油路左侧的小道多了些晚间锻炼的人
我只辨认得出蟋蟀在田间的发声
小的蓖麻，遍野的银合欢，以及斑茅
在乡下它们不叫野草，却生如野子随处可见
长长柏油路延伸到沿海大道
再过去就是大海。临海的小乡村
夜色多么治愈，这个夏夜的尾巴
花生已经拔完，公交车走完最后一班
夜色中的交接静默无声，所有平凡而可预见的
幸福静默无声

缝隙

蒲永天

卖水果的人睡着了，趴在一堆鲜艳的水果前
捂着脸庞，沉沉睡去
他在时间的缝隙间，给孱弱的身体
找到一个恰当的位置

红色电动三轮车，那多诱人的水果
在生活的缝隙里，没有了讨价还价与短斤缺两
水果的香气，源源不断滋润梦境

此刻的阳光格外灿烂
来往的行人投来复杂的目光
叹息、悲悯与喧嚣
都在他的世界之外

他在仅可容身的缝隙里
与这个世界抛开了一段距离

树荫里的父亲

黄秀萍

刚从沟渠里清淤上来
缺边秃顶的破草帽，挂在枝丫
沾满泥浆的雨靴，
一只站着，另一只有些歪倒
身子靠着树干，压着一片野草
裤腿和衣袖，都被捋起
锄，一头栽进波浪里睡觉
在渠边，他借一棵桑树的树荫
稍听片刻的风凉话
没有云朵的时候，麻雀也停止叽喳
他惬意劳动后快乐
样子显得有些邋遢
没留意身后的一只陶罐
装满一罐子的泪水
还有一肚子，至今没说的心疼话

融合（外一首）

隆莺舞

准备离婚之事，始终要跟孩子明说
在周末的游乐园，在肯德基
在安静夜晚的阳台
我们，都说不出口

直到一家三口爬一座山
去一个别人告诉我们的野山洞
这里真安静，我和妻子
却发现孩子不见了
接着，从洞的深处传来了掌声
我大声问怎么回事。没有回答
掌声变大变快
过后好像累了，又变小变柔和
我不想再说话，也用掌声回应对方
我把掌声拍得有力又浑厚
竟然和对方的脆柔，很相配

我们一直鼓掌到鼓不动了

全家，才默默无言，下山
我们知道可能再不会，一起来这个洞穴
这里只剩下寂静一片

将来有一天，我们会记得本来的空旷处
突然响起，却不能持久的互相鼓掌

我想空旷窟穴的外面，是厚实的
葱郁的山体的包围
两个简单的声音，和它们的回音
曾经躲开喧嚣，在这里，偶然融合过

[大水餐馆]

那位先生要看看
我的微信收藏夹里
藏有什么宝贝
那位先生的收藏夹空无一物
那位先生，不相信
世界发过大水
我们曾躲在葫芦里飘啊飘

我有，一个，短视频
打开，给他看：
大水漫进餐馆，淹没食客的膝盖
没人离开，那位先生看着
微微地，睫毛动了动，喉咙动了动

又看见穿皮鞋的把脚蜷在凳子上
老板放了一打救生衣在前台
人们啊……还在笑聊，用手拨一拨水！
那位先生拿着我的手机
走来走去，替食客着急

餐馆角落里有两个人，不说话
一心一意，互相对视
桌子像一面大叶子
他们像两滴溅上来的浊水
暂时不会掉落
那位先生停止走动，耐心看完
把这汪侵入人间、却烈度有限的大水
收藏进自己手机

那位先生哦，从我的身体剥离
躲在葫芦里飘啊飘
同我对视……

关闭手机，闭眼，是我想出来的大水
打开手机，连我也想不到人们会这样应对大水

观江记（外一首）

余晓

冬日午后，我在岸边
与一条江凝视
它，平静得
像晒太阳的老人
沿着河道，上溯
它的曲折、跌宕、暗礁、支流
正如一生所经历的
坎坷、挫折、苦难、挣扎
水的炎凉
就是人世的冷暖
江面之下，隐约有怦然的
心跳。暗流
消除了我们对生活的误解
落日。盛大
让它仍然相信远方

[给父亲]

第一次，意识到
太阳的步伐过快时
我的目光投向了晒太阳的父亲
这是冬日的下午四点一刻
放下手中繁琐的报表
我将用八十迈的时速去揭开
夜生活的序幕。而
父亲，此时正摇着躺椅
尝试着压住太阳的光阴
对于年过八旬的老人，没有
比夕阳的沦陷更为悲伤的事情
我熄火，默默地
为父亲点燃一支烟
只是希望他眼中的光和热
会消失得慢一点

川西平原之水（外一首）

贾勇虎

川西平原着一袭花衣，在水的网络
站出魅影

龙门山派定的长勺，舀起岷江
以三分之一的水给了男人
以三分之一的水给了女人
再以三分之一的水，给了雨雪、桑田与湖滨
由此，川西坝子，五千年
自号“天府”“鱼凫”，草木葳蕤
文人说，野火烧不尽
史家说，一方水土
那水的谣曲，就是灵魂
如今，那些三分之一的水
让男人们都淘到了金
让女人们都捞到了银
让雨雪、桑田与湖滨，都活成了画
画是大写意：以汤汤之水，饱蘸丹青
偌大的川西平原
像水中出浴的，一个穿花衣的女人
美，是那种滚滚中的纯真
丽，是那种滔滔里的干净

[看一盘象棋的联想]

一张纸，布满硝烟

从第一步，无论是马走日，还是象飞田
所有的战略，都围绕着死与生，强食和掠占

谁在楚河边，凄然演绎万里长征人未还?
谁又在汉界，吟着王昌龄，不教胡马度阴山?

而我，假如是枚卒子，请赐予我大象般的
　喉咙让我呐喊
在过河前，能回头走走

再拜拜我的母亲，家园?

观一盘棋，如看这人间戏事

子美逸风

Cao
Tang

苑鲁明诗选

◎苑鲁明

[无题（孤雁入群）]

难忘当年花盛开，芬香弥漫绕庭槐。
朱颜淡抹群芳妒，翠发轻飏洒脱来。
文苑华笺赏倪露，桌奁妆匣换书台。
高山流水难寻觅，弦外听音入梦怀。

[上海四行仓库遗址]

八百残兵气吐虹，四行仓库缅遗功。
苏河两岸战倭寇，贫巷九流争鬼雄。
便是千疮高耸壁，难平百孔血腥风。
纵身一跃儿不孝，万道霞光破静空。

[端午怀屈原]

年少心高浪际涯，涉江抱石赋怀沙。
忠君殉道人有志，爱国向天身不斜。
渔父可知湘水浊？楚黎当为岁光赊。
世间皆醉端阳日，化作粽香飘万家。

[扬州三月盼相逢]

三年相聚已成空，两眼望穿祈盼中。
远处忽闻军号响，此时顿觉阻心通。
广陵花雨待新客，寰海潮风送老翁。
袍泽情深无絮语，一声兄弟自由衷。

郝蕴慈诗选

◎郝蕴慈

[沧浪亭]

盘门东北茂林环，羁客秋来上土山。
日暮高亭风色紧，竹边小院鸟声闲。
花枝空碍穿园路，廊柱谁题枕水湾。
几叹精魂寻不得，与君瘦尽减朱颜。①

①意指有“挽西昆之颓波，导欧苏之前驱”之誉的北宋古文运动先驱苏舜钦——沧浪翁。

[馆娃宫]

波摇菱角满池秋，雾笼银辉玉宇幽。
容好绸缪添绿酒，花繁缱绻宿红楼。
吴宫醉舞人空谑，越女行歌水自流。
且避风涛闲卧柳，五湖相契泛轻舟。

[山塘街]

姑苏城外话山塘，左右招旗七里长。
自古风流还富贵，于今朴雅亦清苍。
沿街鼎沸过孤客，列肆灯红聚众芳。
遥想中唐桃李岸，白公堤上久彷徨。①

①白居易为苏州刺史时，将苏州城外西北河道疏浚后称山塘河，而挖出的淤泥又堆成长堤直通虎丘，后人称此为“白公堤”。

[诸葛庐]

茅檐寂寞归云晚，九曲青溪绕凤林。
仰首独闻鸣雁过，抱琴漫作卧龙吟。
隆中频顾恩犹在，天下三分虑已深。
但舍残躯扶汉室，一襟血泪慰同心。

竹雨诗选

◎竹雨

[冬 夜]

冬夜无眠意，披衣看霓花。
园区车笛响，老树惊昏鸦。
塞外驼铃地，关中驮黍麻，
卧龙纵横起，瓷谷有归家。

[一菊唱无限]

一菊唱无限，余香绕玉栏。
拈花随影者，举酒对盅斛。
风急月摇影，盈亏无绪看。
遥思墙外雪，梅俏静中观。

[暮色皓天悬]

暮色皓天悬，柔情云水怜。
无诗空念语，有句瘦成烟。
何不一壶酒，飘飘欲做仙。
禅慈些许日，切切有尘弦。

[咏 兔]

春临新岁向银盘，浩渺星空泪不干。
只为人间多黛绿，不陪仙子月宫寒。